SALZWECK 4.0

DAS BUCH

Schonungslos, übermütig und geil, aber auch einfühlsam und verletzlich, von nackten Wahrheiten und Lügen bis bizarrer oder fesselnder Erotik.
25 Kurzgeschichten aus der Schwulenwelt über Träume und Lust, Liebe und Frust.

DER AUTOR

Gerd Kaucher, geboren 1962, ist gelernter Bäcker und Konditor.
Am 1. April 1980 übernahm er den elterlichen Bäckereibetrieb, den er auf 10 Filialen mit 75 Mitarbeitern erweiterte. Währenddessen legte er die Prüfungen zum Bäckermeister und Konditormeister ab.
Nach exakt 20 Jahren, am 1. April 2000, verpachtete er den Betrieb und wechselte in den Außendienst, um Backmittel und Hefe zu verkaufen. Nach weiteren vier Jahren wagte er den Schritt in die Selbstständigkeit als Immobilienmakler.
Im April 2024 heiratete er nach 30 Jahren »wilder Ehe« seinen Partner.
Im selben Jahr beschloss er, einen Teil seiner vielen Geschichten, die er im Laufe der Zeit geschrieben hat, zu veröffentlichen.

Gerd Kaucher

Salzweck 4.0

Salzig, süß oder scharf –
25 coole und schwule Geschichten

2025

Bibliografische Information der Deutschen Nationalbibliothek:
Die Deutsche Nationalbibliothek verzeichnet diese Publikation in der
Deutschen Nationalbibliografie; detaillierte bibliografische Daten sind
im Internet über http://dnb.dnb.de abrufbar.

Portraitfoto: © Gerd Kaucher
Umschlaggestaltung: Ralph Kasbauer
Umschlagfotografien (Salzweck und Schild): Peter Seiter
Titelbild (Schmetterling): wirestock/freepik.com
Lektorat und Satz: Jörg Querner, www.anti-fehlerteufel.de

Verlag: BoD · Books on Demand GmbH, Überseering 33,
22297 Hamburg, bod@bod.de
Druck: Libri Plureos GmbH, Friedensallee 273, 22763 Hamburg

ISBN 978-3-8192-3077-6

Inhalt

Vorwort

Warum »Salzweck«?

In früheren Zeiten wurde in meinem Wohnort Stein das Brot von den Hausfrauen entweder im eigenen Backofen gebacken oder im gemauerten Backofen des Backhäusles.

Dabei blieb meistens ein kleines Stück Teig übrig, von dem sie noch einige Salzwecke formten und mitbackten. Diese waren als Vesper gedacht, wurden aber auf dem langen Fußmarsch zur Arbeit nach Pforzheim schon verspeist. Denn sie schmeckten besonders gut.

Wenn dann Vesperzeit angesagt war oder Mittagspause, hatten die *Stoinemer* nichts mehr vorrätig, denn sie hatten ihre frischen Salzwecke bereits aufgegessen.

Den mitmarschierenden Arbeitskollegen aus den benachbarten Ortschaften fiel es auf, dass die *Stoinemer* immer Salzwecke aßen, und so kam es zu dem Spitznamen „Salzweck" für die Steiner Einwohner.

Folglich ließ ich an meinem Haus oberhalb der Bäckerei in der Bauschlotter Straße 1 einen großen Salzweck aufs Haus malen. Wenn durch Stein ein Umzug stattfand, hatte jeder Wagen vorne einen großen Salzweck mit 40 cm Durchmesser hängen. Diese hatte mein Vater gespendet. Sogar manche

Wandergruppen hatten einen Salzweck um den Hals hängen wie eine Halskette.

Mein Spitzname in Stein war als Bäckerssohn »Salzweck«.

Und ganz böse Zungen sagten auch »warmer Salzweck« – hinter meinem Rücken.

Hoffentlich erweckt der vorliegende, neu gebackene warme Salzweck, den wir hier im Rahmen eines Menüs von 25 verschiedenen Gängen aus vorwiegend erotischen Zutaten servieren – ofenfrisch und verführerisch duftend, herzhaft, pikant und fruchtig – etwas Neugierde. Ob die Leser das, was hier für sie angerichtet wurde, nun auf einmal verschlingen oder ob sie es häppchenweise versuchen möchten, à la carte sozusagen, und ob sie sich dazu ein Gläschen Haberschlachter genehmigen wollen oder ein Viertele Trollinger, das bleibt ihnen überlassen. Jedenfalls wünschen sich der Autor und der Verlag, dass alle, wenn sie das Angebot durchgekostet haben, zu dem gleichen Urteil gelangen mögen und den Salzweck genauso gut und lecker einschätzen wie ich – einfach köstlich.

Und nun wünsche ich den Lesern meines Buches viel Vergnügen mit meinen Geschichten.

Königsbach-Stein

Gerd Kaucher

Kai und eine unerwartete Liebe

Seine Heimreise wird zu meiner Qual. Ende eines Austauschjahres. Und nun bemerke ich …
die Liebe zu ihm.
Wir wissen nicht, wann die Liebe uns treffen wird. Aber dann, wenn es passiert, sind wir am Zug, die Wahrheit anzuerkennen.

Aber beginnen wir von vorne:
Im Norden Deutschlands in Hamburg hat diese Geschichte ihren Ursprung. Mein Vater ist Professor an der Uni, meine Mutter Hausfrau. Zur Familie gehören außerdem meine kleine Schwester, die Nervensäge, Sarah und ich, Kai. Der Familienrat hatte beschlossen, einen Austauschschüler für ein Jahr bei uns aufzunehmen.

Tausend Gedanken gehen mir durch den Kopf, wir sind total aufgeregt und gespannt, wer kommen wird. Ist es ein fetter Junge oder ein Idiot? Oder ein Gehirnamputierter?

Vier Monate später kommt die Genehmigung für den Austauschschüler. Es ist ein Junge aus den USA. Gott sei Dank keine kleine Zicke wie meine Schwester. Er liebt Sport und Musik und ein Bild ist beigefügt. Er ist einen Monat älter als ich und schaut eigentlich recht nett aus. Ein komplettes Jahr werde ich mit ihm mein Zimmer teilen, eigentlich eine recht lange Zeit.

Wir fahren gemeinsam zum Flughafen und holen ihn ab. Er sagt: „Hello, I am Noah."

„Hello Noah, ich bin Kai", sage ich. Auch meine Eltern und Sarah stellen sich vor.

Seine Augen, Nase, Mund, Figur, Schuhe, Klamotten, Hemd und Krawatte. Na, das kann lustig werden. Aber ich glaube, es kommt eine gute Zeit. – „Herzlich willkommen!"

Noah: Es war ein langer Flug nach Europa von den USA. Ich war sehr aufgeregt die neue Gastfamilie kennen zu lernen. Ich habe Angst und Herzrasen und jetzt schon Heimweh zu meinen Eltern.

Wir fahren nach Hause und zeigen Noah alle Zimmer und sein Bett. „Hier sind dein Kleiderschrank und das Badezimmer." Wir gehen runter zum Abendessen. Nun hat Sarah den Mund voll und kann mit voller Fresse endlich mal nichts sagen. Nachher Zähne putzen und zu Bett gehen, aber wie läuft das ab? Mit Unterhose? Nackt? Masturbation? Schamhaare ... Hilfe? Tausend Fragen und keine Antworten.

Am nächsten Morgen wache ich auf, weil mein Schwanz pocht. Ich habe einen Morgenständer, meine Schlafanzughose steht ab wie ein Zelt. Schleiche mich irgendwie ins Badezimmer. Dann Frühstück.

Beim Frühstück erkläre ich: Tisch, Ei, Marmelade, Stuhl, Messer, Gabel. Der Ami-Boy bemüht sich, uns zu folgen … ist aber alles ein bisschen viel für den Anfang.

Die Tage ziehen sich, bald ist Schulanfang. Ich werde ihn zur Schule mitnehmen und meiner Clique vorstellen, bin gespannt, wie sie ihn aufnehmen werden.

Noah: Ich verspüre Heimweh, die ersten Wochen sind super in Hamburg, die Familie gibt sich unheimlich Mühe. Ich hatte vorher so viel Deutsch gelernt und merke nun, ich versteh nur Bahnhof. Ich bin froh, dass hier Kai ist, er gibt sich sehr viel Mühe, erklärt mir alles und bald ist Start in der Schule. Ich bin schon total aufgeregt.

Kai: Die Zeit vergeht. Meine Eltern erlauben uns einen Ausflug mit einem Wochenend-Ticket mit der Bahn. Schlafen in der Jugendherberge. Nur wir zwei – super. Wow, wir erhalten extra Taschengeld, wollen von Hamburg nach Berlin. Wir wollen Spaß haben, wir lachen, dösen und reden, wir chatten, wir machen alles Mögliche.

Ich kaufe uns irgendwo ein Bier und irgendwann sagt Noah zu mir: „Liebst du mich?"

Empört entgegne ich: „Nein, ich hasse dich!" Was bildet sich der Kerl ein?

Im November spielen wir Tennis, gehen danach unter die Dusche und in die Sauna – schwerer Fehler!

Die Hitze macht so geil, wir sitzen beide da mit einem Ständer. Seiner ist riesengroß, er schaut mich verlegen an. Jeder macht sein Handtuch vor sich und wir rennen unter die Dusche.

Zu Hause wieder auf normal umgestellt, reden und lachen wir. In den kommenden Wochen versuche ich die Duschszene zu vergessen und aus dem Kopf zu bekommen …

Blumenwiese, Blumenwiese, Blumenwiese …

Bald sind Winterferien, es kommt Weihnachten und Silvester. Wir beide bekommen zu Weihnachten Karten für ein Rockfestival. Wir sind total aus dem Häuschen. Das ist ein Supergeschenk, nur wir beide ganz alleine. Wir dürfen uns aussuchen, wohin wir wollen? So langsam merke ich, wie ich Gefühle für ihn entwickle. Wie ich ihn anschaue und bewundere, seine Bewegungen, sein Körper, seine Muskeln sind schon ausgebildeter als meine. Verliebe ich mich doch so langsam in ihn?

Einmal fragt der US-Boy: „Hast Du schon einmal ein Mädchen geküsst, Kai?"

„Leider nein, bin da ein absoluter Anfänger. Keine Ahnung. Und du, Noah?"

„Nö", sagt er, „möchtest du es einmal ausprobieren? Wir können üben, ohne anzufassen …"

Sie versuchen es und kommen sich näher, Lippe an Lippe – der kleine Bartflaum kitzelt. Kai wendet ein: „Ich glaube, wir müssen mit der Zunge?" Sie sind unerfahren, strecken die Zunge raus, bewegen sich, alles glitschig; feucht treffen sich die spitzen Zungen, Zeitlupenkuss. Kais Schwanz wird hart, er stößt Noah weg.

„Das bleibt aber unter uns, klar? Das darf niemand erfahren …"

„Ja klar …"

Sofort geht Kai ins Badezimmer und braucht etwas länger. Danach geht Noah ins Badezimmer. Beiden ist klar, was im Badezimmer gemacht wurde. Aber nun geht es ihnen etwas besser. Gott sei Dank.

Wir überschreiten als Bettgenossen ganz übelst die Grenzen. Wann ist genug? Wann wird es gefährlich? Haben wir die Grenzen schon überschritten? Wann sinken wir? Wir wollen mehr, mein Verstand sagt links, mein Bauchgefühl rechts, bin durcheinander, ich will mehr, viel mehr, mache in dieser Nacht kein Auge zu. Dauerständer. Wir sind nun Schwanzbrüder statt Blutsbrüder.

Die Tage kommen und gehen, mit ihnen der Schulalltag, lernen, Hausaufgaben, Tennis, Muskeln, Fitness. Noah ist nun sieben Monate da, ich habe ihn total in mein Herz geschlossen. In der Clique ist er inzwischen auch angekommen, am Anfang war das schwierig. Aber seit er besser Deutsch spricht und passende Antworten gibt, wird er auch in meiner Clique akzeptiert.

Irgendwann fragt er: „Liebst du mich?"

„Nein, ich hasse dich ..." Klar habe ich Gefühle für ihn, aber ich bin doch nicht schwul? Ich stoße ihn weg,-ich möchte irgendwann eine Freundin haben, dann Frau und Kinder. Ich möchte nicht mit einem Mann leben. Ich möchte nicht schwul sein.

Bald hat Kai Geburtstag, er wird sechzehn Lenze alt. Es gibt Riesenpizza und Bier für die Party. Er bekommt von seinen Eltern mit Noah einen Kurztrip geschenkt für drei Tage in einen Freizeitpark.

Noah: Ich habe noch ein paar Monate und möchte, dass wir beste Freunde werden. Ich werde bei allem mithalten und es zur besten Zeit in meinem Leben machen. Wie schön, wenn wir nebeneinander liegen, wenn wir uns berühren. Ich werde ihn vermissen. Mit ihm fühle ich mich so wohl und habe starke Gefühle für ihn. Ich habe ein Gefühl von Liebe für ihn. Bin ich schwul? Es ist das, was ich möchte, egal ob ein Dödel zwischen den Beinen hängt oder nicht. Ich werde ihn vermissen, die Gespräche, das Vertrauen, die guten Momente. Der Kuss war schön, er hat mitgemacht, ich möchte nun mehr. Scheiß auf die Leute, was sie sagen, er ist mir wichtig! Ich will seine Nähe spüren, ich will seinen Atem auf meiner Haut spüren. Ich will mich nicht ein Leben lang verstecken müssen. Ich will ihn, ich will Liebe. Ich habe nur einen Wunsch: ihn zu bekommen. Aber noch lehnt er mich ab, sobald ich direkter werde, auch wenn ich spüre, dass es ihm schwerfällt. Warum? Sein Verhalten verwirrt mich.

Irgendwann nachts passiert es. Beide sind unerfahren. Noah kommt zu Kai ins Bett. Sie küssen sich zuerst ganz vorsichtig am Hals, dann an der Wange, am Ohrläppchen. Ihre Körper drücken sich eng aneinander. Sie zerren die Boxershorts vom Körper und spüren den Harten des jeweils anderen. Sie reiben aneinander, stöhnen mit verschlungenen Körpern und Zunge. Die Atmosphäre ist so heiß, so intensiv – fast zum Platzen. Sie verschmelzen miteinander.

Dann sagt Kai: „Ich komme gleich ...", und Noah stöhnt: „Oh, ich auch ..."

Nebeneinander schlafen sie ein. Der nächste Tag ist komisch, sie schauen sich peinlich an.

Noah fragt: „Liebst du mich?"

Doch Kai erwidert: „Nein, ich hasse dich." *Ich möchte um Himmels Willen nicht schwul werden. Wie soll ich das meinen Eltern beibringen? Die wären total enttäuscht von mir. Nicht nur die, alle anderen auch, meine Verwandten, meine Lehrer, meine Mitschüler ... ich drehe fast durch.*

Das Austauschjahr neigt sich dem Ende zu und es sind wenige Tage, bis Noah sich verabschieden muss und zurückfliegt zu seinen Eltern in die USA.

Aber ein tolles Wochenende haben die beiden noch für sich: Sie liegen nebeneinander im Gras. Dabei berührt Noah Kais Hand. Der ist überwältigt, es zieht sich alles zusammen. Tränen der Rührung laufen ihm die Wangen hinab. Fast sofort erfasst ihn große Angst vor der bevorstehenden Trennung.

Als sie da so liegen, sagt Noah zu Kai: „Danke, Kai, für die schöne Zeit. Danke, dass wir ein schönes Jahr zusammen erlebt haben – und danke für alles."

„Nein, Noah, ich danke dir, es war eine fantastische Zeit."

Am Abend geht Kai ins Zimmer und legt sich zu Noah ins Bett. Zum ersten Mal geht die Initiative von Kai aus.

Schließlich kommt der Tag der Verabschiedung. Sie fahren zusammen zum Flughafen und wollen sich ordentlich verabschieden. Alle nehmen Noah in den Arm und drücken ihn.

Sarah sagt: „Du warst wie ein zweiter Bruder für mich."

Mutter hat ein paar Tränen in den Augen und sagt: „Melde dich, wenn du angekommen bist."

Auch der Vater nimmt ihn in den Arm. „Es war eine gute Zeit für dich, da du viel Deutsch lernen konntest, aber auch für uns, dass wir so einen tollen Menschen kennen lernen durften.

Zuletzt kommt Kai dran. Sie nehmen sich in dem Arm und beide heulen.

Dann sagt Noah: „Und? Hasst du mich immer noch?"

Kai nimmt allen Mut zusammen und sagt ohne Angst frei heraus vor seinen Eltern:

„Nein, ich liebe dich!"

Noah fliegt nach Amerika und denkt sehr viel an Kai. Er vermisst ihn jetzt schon. Noah meldet sich telefonisch bei Kai und sagt, dass er gut angekommen ist. „Ich kann nicht so lange telefonieren, weil es etwas teuer ist übers Telefon."

Kai denkt, wäre er doch hier. Mit der Zeit bekommt Kai superstarken Liebeskummer. Liebesentzug – er denkt viel an Noah.

Noah dagegen geht zum Arzt, da er immer wieder starke Kopfschmerzen hat. Der Arzt stellt einen Tumor fest.

Noah und Kai telefonieren ab und zu miteinander, aber Noah sagt keinen Ton von seiner Krankheit.

Am 27. Dezember 2018 stirbt Noah im Alter von 16 Jahren und 10 Monaten. Er hat den Kampf gegen den Tumor verloren.

Als der Brief mit der Trauerkarte eintrifft, ist Kai am Boden zerstört. Er rennt in sein Zimmer und heult und schreit immer wieder den Namen: „NNNOOOOAAAAAHHH."

Wir sind jung, denkt Kai verzweifelt, *wir wollen Abenteuer, Spannung, tanzen und lachen, Spaß haben und Sex. Das alles wird Noah nie mehr erleben können.* Kai gehen Tausende Gedanken durch den Kopf: *Weshalb haben wir nicht mehr Liebe gemacht, weshalb hatte ich mich so verweigert gegenüber Noah?* Er hat Sehnsucht nach Noah, der Gefühlswert ist am tiefsten Punkt angekommen. Tiefer kann es nicht mehr gehen. *Warum tut er mir das an? Warum tut das alles so weh?*

Noah:

Ich bin oft bei Ärzten und werde gepiekst und untersucht, und Röntgenaufnahmen werden erstellt.

Ich habe Angst vor dem Tod, aber ich sage es niemandem. Ich belüge alle, die ich kenne. Auch meinen besten Freund Kai. Zum Glück sieht man mir nichts an. Wenn ich mit Kai telefoniere, dann gebe ich ihm keinen Anlass zur Sorge, ich tue ganz normal.

Meine Mutter bat ich, mir einen Brief aufzusetzen, einen Liebesbrief an Kai. Aber das wollte sie nicht machen. Dann fragte ich meinen besten Freund, ob er mir einen Gefallen tun würde, und er tat es. Ich diktierte ihm einen Brief. Aber ich kann meine Gefühle und meine Gedanken nicht so ausdrücken, wie ich es gerne möchte.

Ich lege ein Bild von mir dazu, damit Kai eine Erinnerung an mich hat. Zu meinem Freund sage ich, er soll den Brief aufbewahren bis zu dem Tag, an dem ich sterben werde, dann soll er den Brief lossenden.

Und so geschieht es – am 27. Dezember 2018.

Der Fischer und sein Sohn und das Meer

Dunkle Wolken warfen ihre Schatten voraus. Es bestand die Kälte der Dezembertage, Nieselregen, nasskalt. Ich habe die Polizisten und viele Männer und Schaulustige schon von Weitem kommen sehen. Ich wusste, sie kamen, um mich zu holen. Ich leistete keinen Widerstand. Sie nahmen mich mit, ohne dass ein Wort auch nur gewechselt wurde.

Ich hatte die Insel Anglesey noch nie verlassen. Bei uns findet man nur Felsenbuchten. Es ist kein Seebad. Die Häuser sind klein und bescheiden und die Boote ebenfalls, es ist ein kleines Fischerdorf auf unserer Insel.

Und es gibt keine schönen Jahreszeiten. Als siegte der Winter fast über das gesamte Jahr. Auch Züge oder Busse gibt es hier nicht. In Anglesey ist die Erde zu Ende an den senkrechten Klippen dieser kleinen unscheinbaren Insel. Es gibt hier gar nichts. Einen Tante-Emma-Laden und zwei bis drei Fischerkneipen. Bei uns heißen die Pubs und sie sind das gesamte Jahr über geöffnet. Das war es schon fast. Hier bin ich geboren und hier werde ich sterben, wenn nichts Dramatisches geschehen wird.

Vor den Klippen existieren ein paar kaputte Kadaver von großen verrosteten Schiffen. Nebel gibt es hier immer. Er bedeckt alles und begleitet uns von früh bis spät. Dieses Grau in Grau in unseren Augen und in unseren Blicken. Diese Kälte, diese

Rauheit. Diese unbarmherzige Trostlosigkeit. Dann diese Häuser, die aneinandergebaut wurden, alles besteht aus Reihenhäusern, die alle gleich ausschauen, auch hier alles trostlos Grau in Grau.

Heute kehre ich zurück. Ich habe keinen Ort, wo ich lieber leben würde als hier.

Alles ist wie immer geronnen, erstarrt, versteinert. Die Zeit ist stehen geblieben, von dem Moment, als ich wegging, bis heute. Und das ist nun fünf Jahre her. Die Straßenlaternen, die schlüpfrigen Straßen, die Häuser mit roten Ziegelsteinen, geschlossene Fensterläden, die Schieferdächer. Der Kirchturm, der wie eine Drohung dasteht. Der Geruch der Feuchtigkeit. Der Duft, der in der Luft liegt, von totem Fisch. Meine schwieligen Hände, die misstrauischen Blicke. Alles ist und bleibt genau so, wie es war vor fünf Jahren und wie es sein wird in weiteren fünf Jahren. Alles ist, wie es war.

Ich war ein Fremder und bin ein Fremder geblieben. Ja, ich spüre es genau in meinem Körper, ich spüre die Blicke in meinem Rücken, ich spüre diese ablehnende Haltung. Ich bin hier nicht willkommen. Ich bin keiner von ihnen, ich bin nicht mehr das Kind von Anglesey. Ich bin ein Fremder unter Fremden. Aber ich habe keinen anderen Ort, wo ich hingehen kann. Hier stand meine Wiege. Hier heiratete ich und hier werde ich sterben.

Achtung, liebe Bürger dieser Insel, ich komme. Der Hund von Baskerville, das Raubtier. Ich komme zurück an die Brutstelle meines Handelns.

Und ihr könnt nichts dagegen tun, als euch in euren Häusern zu verkriechen. Sperrt euch ein, und macht die Fensterläden dicht. Achtung, ich werde da sein. Und wenn ihr denkt, ich packe den Koffer und haue ab, dann irrt ihr euch aber ganz gewaltig. Ihr müsst es mit mir aushalten, ob ihr wollt oder nicht. Ihr müsst da durch!

Aus vierzig Yard Entfernung sehe ich die Neonreklame von einem Bier-Pub. Ich glaube, es hieß *Chubby von Winston*, vielleicht auch anders, ich weiß es nicht mehr. Es ist mir auch egal. Namen sind Schall und Rauch. Die Männer waren an den Billardtischen und manche standen an der Bar. Aber mich erkannte im ersten Moment niemand. Ich war ein Fremder unter Fremden.

In Anglesey dürfen keine Frauen in ein Pub, das gehört sich nicht und ist kein Ort für Frauen. Die Frauen zählen hier nichts. Die Frauen werden verachtet. Sie verlassen das Haus so gut wie nie. Sie sitzen zuhause und warten, dass die Tage vergehen, und sie werden vergehen. Sie sind glücklich, wenn sie einen Mann finden, der sie heiraten wird. Die Männer sind nicht sehr gesprächig. Sie sind bärbeißig, schroff und mürrisch. Es gibt keine Umarmung, der Händedruck ist männlich und kurz. So sind die Männer aus Anglesey.

Meine Kleidung ist durchnässt, mein Koffer und meine Schuhe sind dreckig. Ich könnte nun nach Hause gehen in mein Puppenhaus. In das Haus meiner Eltern, die nicht mehr leben. Einfach die

Straße an der Küste entlanggehen. Dort lebte ich mit Ruby, meiner Frau, und Bob, meinem Sohn. Dort wurde mein Sohn geboren und dort habe ich ihn auf meinen Armen getragen.

Doch das Haus ist leer. Ich habe das Haus nicht mehr gesehen, seit mich die Männer abgeholt haben. Ein Haus verändert sich nicht. Ich bin noch nicht bereit. Ich ziehe den Regen und die Kälte vor. Die rutschigen Pflastersteine, die Anreihung der Poller, das Knattern der Masten in dieser Nacht, der verfaulte Geruch von stehendem Wasser, der Wind. Wie hatte ich all das vermisst.

Und plötzlich ist in meinen Gedanken die Kindheit wieder da. Ich bin neun Jahre alt. Ich renne die Uferböschung hinab. Ich stürze, meine Hüfte schlägt gegen einen Stein, Knochen splittern. Seit diesem Unfall ist mir ein leichtes Hinken geblieben, weshalb der Spott meiner Kameraden auf mich gerichtet war.

Kurzum, ich kehre an den Ort zurück, wo alles begann. Ich war ein Heranwachsender, umgeben von Fischerbooten, die Arme, die vom Netzeziehen kräftiger werden, die Schule, die mir nicht sonderlich gefällt. Die ersten selbstgedrehten Zigaretten. Das Bier, das man trinkt, wenn man bei der Rückkehr vom Fischfang im Pub sitzt. Die Mädchen, die sich nicht lange bitten lassen. Und die Männer, die mich eines Tages abholen und wegbringen.

Dann gab es noch Arthur, er war ein junger Mann mit Schönheitsflecken auf den breiten Schultern mit einer gepflegten weichen Haut und schmalen Hüften – aber nicht hier auf der Felseninsel, sondern beinahe in einem anderen Leben.

Es wird immer kälter, ich schlage den Kragen hoch, ich denke, dass ich Anglesey nie entkommen kann. Es hat mich fest im Griff. Ich muss mein Schicksal annehmen, ob ich möchte oder nicht. Wenn man einen Hüftfehler hat und ein Bein nachzieht, ist man nicht frei in seinen Bewegungen. Die Rückkehr wird hier als Provokation verstanden, als Schamlosigkeit. Ich bin ein Verdammter und werde es bleiben. Es gibt keine Strafe, die lange genug wäre für das Verbrechen, das ich begangen habe. Alle Banden wurden zerrissen. Sie werden sich an alles wieder erinnern. Sie werden mir nicht verzeihen, gibt es die Worte Verzeihen und Barmherzigkeit in ihrem Wortschatz überhaupt? Das Wort Amnesty kennen sie absolut nicht.

Ich habe einen Leichnam bei mir, für alle Zeiten und in Ewigkeit, Amen. Dieser Leichnam wird immer ein Teil von mir sein, wird immer auf meinen Schultern lasten. Dieses kleine Kind mit seinen braunen Locken, den Sommersprossen, die er von seiner Mutter hatte, dieses kleine Kind sehen die Bürger dieses Dorfes. Das Kind in seiner reinen Unschuld. Es war mein Sohn, Bob.

Ich kehre mit meinem Kummer zurück in unsäglicher Trauer, über mir das absolute Elend. Unmöglich, diesem zu entgehen. Sie werden nicht den verwaisten Vater in mir sehen, nur den Vater und den Mann, der sein Kind ermordet hat.

Unvermeidlich wird darüber gesprochen, dass ich mit dem Boot und meinem Sohn beim Fischfang war, es war Sturm angesagt, ich fuhr trotzdem raus. Mein Sohn wollte unbedingt mitfahren. Dann kam der Sturm, der ordnungsgemäß angekündigt war. Manche versichern, dass ich nichts habe sehen, nichts habe verhindern wollen. Das Kind ist unter meinen Augen über Bord gegangen. Sie behaupten, meine Verblendung sei kriminell gewesen.

Sie waren nicht dabei. Sie können da nicht mitreden. Der Einzige, der die Wahrheit kennt, bin ich. Als ich zurückkam in den Hafen, fuhr ich ohne Kind ein. Es war nicht mehr an meiner Seite. Diese klaffende Lücke. Ich war entsetzt und fand keine Worte. Ich hatte es mitten in den Fluten alleine zurückgelassen. Ich hasste mich dafür. Alle Erklärungen und Worte halfen nichts. Was geschehen war, war geschehen.

Erst am nächsten Morgen, als sich das Meer beruhigt hatte, fuhren die Boote hinaus und suchten nach dem Körper. Jedoch fanden sie ihn nicht. Sie brachten ihn mir nicht zurück. Er ist immer noch dort unten im tiefen Meer. Auch heute Abend blicke ich auf das Meer. Es ist der Ort seines Körpers.

Ich gehe weiter, die Straßenlaternen schwanken an den Leitungsdrähten, sie quietschen in dieser stillen Nacht auf der Insel Anglesey. Auch diese Nacht wird keinen Leichnam zurückbringen.

Das Haus steht noch mit dem Dach aus grauem Schiefer. Über der Tür sind drei Zahlen: 2-4-7. Hier habe ich gewohnt, das hier ist mein Zuhause. Als ich aufschließe, trete ich ein, als wäre die Tür am Morgen zugeschlagen worden. Dieser Arbeitstag hat fünf Jahre gedauert. Da ist er wieder, dieser Moment, als mich die Männer abholten. Ich halte inne.

Das Haus ist spärlich möbliert. Wir hatten keine großen Einrichtungsgegenstände. Der Strom tut nicht, ich stehe im Dunkeln. Mir verschlägt es den Atem. Es ist wie ein Faustschlag in die Magengrube. Durch die Fenster dringt das Mondlicht, es ist eine unendliche Einsamkeit. Ich schlafe auf dem blanken Holzboden. Ich möchte nicht ins Bett, warum, weiß ich auch nicht. Diese Nächte glichen den Nächten im Gefängnis.

Es wäre jetzt schön, wenn Arthur bei mir wäre. Ich suche seine Anwesenheit, mit dem ich die letzten fünf Jahre eine Zelle geteilt habe. Aber er ist nicht hier.

Ich erinnere mich an Ruby. Sie kam im Alter von sechs Jahren nach Anglesey. Sie hatte Zöpfe, redete wenig, wir konnten stundenlang im Garten spielen und herumtollen. Ruby verteidigte mich, als wir dreizehn waren. Die Jungs hatten gespöttelt wegen meinem Bein, wegen meinem Hinken, sie hatten meinen Gang nachgeahmt. Ruby verteidigte mich, setzte sich für mich ein und beschimpfte die Jungs. Mit siebzehn küsste ich sie zum ersten Mal, das erste Mädchen überhaupt.

Als sie zwanzig war, heirateten wir. Dann kam der Sohn, unser Bob. Die Hebamme konnte Bob retten, allerdings starb Ruby bei der Geburt. Die Oma mütterlicherseits und ich zogen Bob auf und gaben ihm ein Zuhause.

Am nächsten Morgen wache ich auf durch die Schreie der Kormorane. Ach je, wie hatte ich das vermisst. Ich muss mir Mühe geben, damit ich nicht weine. Ich gehe zu einer Telefonzelle und veranlasse das Notwendige, damit ich wieder Wasser und Strom bekomme. Ja, ich bestätige, ich bin der Eigentümer. Als ich die Telefonzelle verlasse, überkommt mich die Kälte. Soll ich zum Haus zurückkehren? Ich entschließe mich, der Kälte die Stirn zu bieten, und gehe in ein Pub, um einen Kaffee zu trinken.

Als ich eintrete, sehe ich den Barkeeper, ein Mensch, den ich noch nie hier gesehen habe. Er muss neu sein. Er würdigt mich keines Blickes, ich bin noch kein Stein des Anstoßes. Ich bestelle einen großen Kaffee. Er nickt und geht, ohne eine Miene zu verziehen. Die Einrichtung ist wie früher. Auch dass die Kippen auf den Boden geworfen werden. Alles ist an seinem Platz. Außer mir, zweifellos außer mir, ich bin ein Fremder unter Fremden. Ich beobachte die derben Männer an diesem Morgen, die Sparsamkeit mit Gesten, sie strotzen vor Kraft. Jahre der Anstrengung mit dieser Knochenarbeit hier. Der Körper wird zum Werkzeug.

Ich war einer dieser Männer. Ich war beim Fischfang, saß danach hier in dieser Kneipe und trank mein Bier. Dann ertrank mein Kind und es war nichts mehr so, wie es einmal gewesen war. Ich bin hier ein Nichts, bin nicht existent.

Dann geht die Tür auf und es kommt Gerrit Barker herein. An dem Blick, den er mir zuwirft, erkenne ich sofort, dass ich ein toter Mann bin. Dieser verachtende Blick. Ich erkenne sein Entsetzen und seinen Ekel. Ich bezahle und gehe. In Zukunft bin ich derjenige, auf den man deutet, der Übelkeit erregt, wenn man mich sieht, wenn ich durch die Gassen gehen werde. Der Mördervater von Anglesey. Schmach und Schande wird sich über mich ergießen. Vielleicht bin ich nur zurückgekommen, um ihnen die Stirn zu bieten. Auge um Auge, Zahn um Zahn.

Das Kind Bob hat mich acht Jahre lang begleitet. Es hat mich genau in dem Augenblick verlassen, als es über Bord ging.

Jemand hat mir einen Brief unter dem Türschlitz durchgeschoben. Soll ich ihn überhaupt öffnen? Nur böses Zeugs und ich soll verschwinden aus diesem Ort, nur Provokation und böse Worte. Ist das christliche Nächstenliebe? Das Haus ist still – ist es die Ruhe vor dem Sturm?

Ich muss an Arthur denken, die unendlichen Stunden im Gefängnis, die Zeit ohne Erwartung, ohne Hoffnung, ich erinnere mich an das Schweigen, das eine Macht war. An Augen, die ausharren, an die Rundungen der starken Schultern, die Augen, die Muskeln, die ich mit meinen Händen berühren durfte.

Habe ich ein Eingesperrtsein gegen ein anderes eingetauscht? Ich muss mir gestehen, dass sich die Gefängnismauern und die Mauern in Anglesey gleichen. Der Ort ist nicht bereit mich zu empfangen. Ich werde verachtet. Kein einladendes Gesicht, kein Wort des Willkommens. Ich sitze in diesem leeren dunklen einsamen Haus und mache mir Gedanken über die Weite und die Fluten, wo ich einen Leichnam zurückgelassen habe. Ich stehe hier am Pranger und Arthur fehlt mir so sehr. Ich darf nicht völlig an der menschlichen Gattung verzweifeln. Der Zufall wollte es so. Oder war es meine Feigheit? Meine Bitterkeit wird immer größer. Ich hätte mich umbringen können, aber ehrlich, mir fehlte der Mut dazu.

Die Oma Maria und ich hatten viele Jahre Seite an Seite gelebt und den Jungen großgezogen. Das Gericht sprach mich für schuldig. Ich sagte: „Nein, ich habe das Kind nicht getötet." Aber das Gericht entschied anders, ich hätte meine Aufsichtspflicht verletzt. Das Boot war nicht mehr das beste, aber es taugte noch gut. Immerhin war ich mit diesem Boot sicher in den Hafen zurückgekehrt. Der einzige Schaden war die Abwesenheit des Kindes.

Bob wollte an diesem Tag unbedingt mitfahren. Der Sturm kam auf, er imitierte ein Flugzeug. Ich forderte ihn auf aufzupassen, ich war am Steuerrad und hatte alle Hände voll zu tun, um das Boot zu führen. In der Sicherheit seiner Bewegungen hatte ich das Gefühl, er hatte Riesenspaß dabei oder aber er hatte keine Angst zu sterben. Ich sagte zu ihm, er soll bitte die Sicherheitsweste anziehen. Er hatte sie auch angezogen, aber noch nicht zugemacht. Der Regen, die Gischt und die Wellen waren über uns hinweggefegt. Auf den feuchten Planken rutschte er wahrscheinlich aus. Das Schiff schaukelte wie auf dem Jahrmarkt, Wellen und Wassermassen überschütteten uns. Ich hatte alle Hände voll zu tun, damit das Boot nicht kenterte. Als es besser wurde, suchte ich Bob, aber er war nicht mehr an Bord.

„Es entspricht der Wahrheit und niemand kann diese Geschichte besser erzählen als ich", sagte ich vor Gericht aus. So etwas erfindet man nicht. Ich sagte: „Nein, ich fühle mich nicht schuldig." Ich habe geweint. Ich habe innerlich geweint und gezittert. Es war ein Kummer, der war unaussprechbar.

Am nächsten Tag fuhren Männer hinaus, um den Leichnam zu suchen. Aber sie fanden nichts, kamen mit leeren Händen zurück. Bobs Oma Maria zerrte mich vor das Gericht und behauptete, ich hätte dies alles mit Absicht getan. Sie beauftragte ihren Rechtsanwalt, er sollte mich in die Waden beißen. Weiß man jemals, wozu eine Frau fähig ist? Im Verlauf des Prozesses sprach alles gegen mich. Die zurückgebliebene Rettungsweste, das ich nicht dem Kind übergestreift hatte, das Fehlen des Leichnams und der gesamte Hass der kleinen Leute brach über mir zusammen.

Ich wurde für schuldig gesprochen.

Von einem gewissen Moment an hörte ich auf zuzuhören. Ich war der ideale Schuldige. Die Menschen kennen nur Gut und Böse, dazwischen gibt es nichts. Mein einziger Fehler war, dass ich keinen Rechtsanwalt genommen hatte, da ich mir sicher war, freigesprochen zu werden. Ich hatte nicht für meine Verteidigung gesorgt. Aber es kam anders als gedacht.

Als die Oma im Zeugenstand erschien, herrschte Totenstille. Was war das? Ein Schlagabtausch oder eine Abrechnung? Die Einheimischen wollten, dass Blut fließt und dass es am Ende des Tages einen Toten gibt. Die Worte der Oma waren eine einzige Anklage. Das war mein Todesurteil. Aus ihr wurde eine Heilige gemacht und aus mir ein Verbrecher.

Die Anklage wegen fahrlässiger Tötung wurde aufrechterhalten. Die Richter hatten keinen Zweifel daran. Ich hatte ein Kind getötet. Das Urteil wurde gesprochen ich würde nun Anglesey verlassen.

Ich hatte nur noch Angst. Die Trauer war vollbracht. Ich wurde zu fünf Jahren Haft verurteilt. Sofort wurde ich abgeführt und kam ins Gefängnis. Dieser Hass der Menschen, der Hass der Leute aus Anglesey, er wird nie erlöschen, er wird noch nicht einmal verblassen.

Ich wurde in ein Gefängnis aufs Festland gebracht. Es war Winter, als ich ins Gefängnis kam, ein regnerischer grauer Tag. Ich sah das große Gebäude aus roten Ziegelsteinen, in dem mich die Wärter in Empfang nahmen. Ich sah den Hof, die Gitter und Zäune. Ich musste einige Dokumente unterzeichnen, dann die Kleidung abgeben. Ich zog mir die Uniform über, die man mir gab. Ich bekam es mit der Angst zu tun und verstand sofort, dass man nichts reden oder fragen durfte. Das war also die Haft, die hier und jetzt begann.

Einer der Wärter gab mir ein Zeichen, ihm zu folgen. Ich parierte, wie man so schön sagt. Wir gingen über den Hof, der Regen prasselte herunter. Von den anderen Insassen wurde ich gemustert. Es kostete mir Mühe, nicht in Ohnmacht zu fallen. Den Urteilsspruch hatte ich gleichgültig entgegengenommen und nun stand ich hier, am Beginn von einem neuen Leben. Sollte ich verrückt werden? Ich kam in eine Zelle.

In eine Zelle von 3 mal 4 Metern. Mit einem Insassen darin. Das war Arthur. Ich hatte Weinkrämpfe, ich schlug gegen die Tür und rastete aus. Ich wollte das alles nicht hinnehmen. Aber mit der Zeit werden alle Wunden geheilt. Ich wurde ruhiger und nahm mein Schicksal hin. Der Körper entglitt und entschied für mich? Ich hatte nun meine Schuld abzubüßen.

In der Zelle daneben hatte sich ein junger Mann aus Nepal erhängt, kaum achtzehn Jahre alt. Man hatte den jungen Mann zu Schwerverbrechern gesteckt, weil sonst kein Platz da war. Er war ein junger Mann mit Mädchengesicht und langen Wimpern. Die anderen hatten nicht lange gebraucht, um ihn fertigzumachen, um ihn zu vergewaltigen, um ihn zu brechen. An jenem Abend waren sie zu mehreren an ihm zu Gange. Seine Schreie wurden von den Pranken der anderen Männer, die sie auf seinen Mund pressten, erstickt. Die Wärter, die normalerweise angerannt kamen und uns anschrien, wenn wir zu laut schnarchten, hatten in dieser Nacht kein feines Gehör. Oder es war ihnen egal. Nachts hatte er sein Laken zusammengeknotet und sich in der Zelle erhängt. Das war den anderen Insassen egal.

Nun zu Arthur: Das Gefühl in seiner Gegenwart, in seiner Anwesenheit, in seinem Schweigen war fast unerklärlich. Eine Distanziertheit, eine Gleichgültigkeit, die wie eine unsagbare Kraft war. Bei ihm war ich in Sicherheit.

Im Gefängnis ist die Gewalt allgegenwärtig, eine tägliche Brutalität. Schläge und Verletzungen sind an der Tagesordnung. Die Aufseher verschließen die Augen. Und dann diese Vergewaltigungen. Ich sah junge, schmächtige Männer aus der Dusche kommen, das Gesicht mit Tränen und Blut verschmiert. Zitternde Leiber, bedauernswerte nackte Körper. Sie hatten ein schlechtes Gewissen oder ein schlechtes Gedächtnis? Im Gefängnis erträgt man keine Leute, die Verbrechen an Kindern begangen haben. Man verachtet sie. Alles andere ist ok, aber ein Kindsmörder?

Ich hatte Glück, dass Arthur bei mir in der Zelle war, er passte auf mich auf. Ich verdanke es einzig und alleine Arthur, dass mir hier nichts passiert ist. Er nahm mich nicht unter seine Fittiche, aber man ließ uns in Ruhe. Man wagte zweifellos nicht, über mich herzufallen, weil man seine Vergeltung fürchtete. Ich brauchte lange, um mich ihm zu nähern, um sein Vertrauen zu gewinnen. Damit er akzeptierte, dass ich da war. Er war ein schweigsamer Mensch, der keine Vertraulichkeiten schätzte. Es war das erste Mal in meinem Leben, dass ich mich bemühte auf jemanden zuzugehen. Das Vertrauen kam ganz langsam nach und nach, und dann kam die Zuneigung. Als wir das Ausmaß der Zuneigung erkannten, war es zu spät.

Nach fünf Jahren wurde ich entlassen. Ich kam zurück nach Anglesey. Der, der zurückkehrte, ist ein anderer Mensch. Ich bin ein Überlebender. Die Frau im Tante-Emma-Laden sagte, ich solle gehen und wegziehen in eine andere Stadt. Ich entgegnete: „Ich warte noch auf jemanden."

Eine Prostituierte sagte zu mir, gehe von hier weg. Auch ihr antwortete ich, ich warte noch auf jemanden. Ich stellte mir die schweren schwieligen Hände der Seemänner vor, die sich auf sie legen, den nach Alkohol stinkenden Atem aus ihrem Mund. Die hastigen und ungeschickten Stöße gegen ihren Bauch. Den Schweiß und das Sperma, das über ihre Hüften perlt. Ich stelle mir das verächtliche Achselzucken vor, das der Seemann übrig hat, wenn er sie verlässt.

Ich klammere mich an die Hoffnung, ich halte diese Hoffnung fest, wie wenn ich einen Rettungsring halte, so klammere ich mich an diese Hoffnung, dass er kommen wird. Die Hoffnung stirbt zuletzt.

Ich erwarte jemanden …

Er kam mit der Fähre um 14.32 Uhr an und hat kein Gepäck bei sich. Der Nieselregen hinterließ Tropfen auf seinem schwarzen Haar. Ein Mann mit hochgeschlagenem Kragen. Er ging den Weg am Rande der Steilküste zu den aneinandergereihten Puppenhäusern, zur Road 247. Er klopfte an die Tür und nun steht er vor mir.

Ich habe ihn erwartet.

Ich sehe schwarze Augen und einen nassen Ledermantel. Die Lippen sind aufeinandergepresst. Kein Lächeln, kein Wort für dieses Wiedersehen. Sparsam wie immer. Nun zählt nur noch seine Gegenwart, sonst nichts mehr. Die Steilküste, die Wellen, der tobende Wind, alles existiert für mich nicht mehr. Es gibt nur noch ihn. Die Welt, meine Welt ist er.

Er betritt mein Haus. Als er an mir vorbeigeht, atme ich seinen Geruch ein. Ich rieche den Geruch, finde die Jahre der Gefangenschaft wieder, die Jahre zu zweit in der dunklen Zelle. Die Nähe der Köper, die Nacktheit des Fleisches, die Schweißperlen auf seiner Stirn. Ich, der Enteignete, der Fremde, besitze nur diesen einen Reichtum, den Moment und Augenblick unserer absoluten Vertrautheit. Seine Ausstrahlung ist unübersehbar, sie kann mir nicht entgehen.

Das erste Mal, als ich ihn damals im Gefängnis sah, hatte es mir den Atem genommen. Ich dachte, welch ein schöner Mann. So eine Schönheit ist ein Wunder der Natur. Meine Knie wurden weich und zitterten. Es hatte etwas mit Gnade und Magie zu tun. Ich war wie geblendet. Eine Art an Zurückhaltung und Respekt angesichts einer unbeschreiblichen Kraft. Es gibt Männer, die sind nicht nur Männer.

Im Hier und Heute bleibt er mitten im Wohnzimmer stehen, nimmt den ganzen Raum ein. Ich wusste, dass er kommen würde. Ich hatte ihn erwartet. Er hatte in der Zelle nichts gesagt, nichts gesprochen, kein Treffen war verabredet und trotzdem spürte ich, dass er kommen wird. Ich wusste es einfach. Dieses Wissen genügte mir. Man hat das Recht, sein Leben auf eine Intuitionen aufzubauen.

Er hatte seine Strafe verbüßt, die Zeit der Rückkehr nach draußen war nun gekommen. Ich wusste, er würde mich wiederfinden. Als ich ging, drehte ich mich zu ihm um. Was in die Augen sprang, war unsere Intimität, Scham, Diskretion. Aber auch das Verlangen nach einem Wiedersehen. Diese Trennung war nur vorübergehend, wir würden uns wiedersehen.

Wir werden zusammen einen Platz finden. Auf dem großen Bild dieser Welt werden wir zusammen einen Platz einnehmen. Diese Hoffnung erlaubte uns durchzuhalten und nicht wahnsinnig zu werden.

Wir gehören zu den Männern, die nicht leicht zu erschüttern sind, die gelernt haben gleichgültig zu bleiben, wir gehören zu den Wortkargen, den Einsamen. Wir entdeckten allerdings sehr spät, dass wir nicht die waren, die wir zu sein glaubten.

Alles ist so gekommen, wie ich es vorhergesehen hatte. Ich musste Geduld haben für den Tag, an dem er an meine Tür klopfen würde.

Hier stehen wir nun von Angesicht zu Angesicht gegenüber in dieser Klarheit und Gewissheit. Wir mussten alles hinter uns lassen, mussten von unserer vorgegebenen Bahn abweichen, mussten auf das Leben verzichten, das uns vorherbestimmt war.

Und nun sind wir beide die Geächteten, die Besudelten, wir müssten uns klein machen oder unsichtbar, dass man uns überhaupt duldet, stattdessen gehen wir unaufhaltsam auf dem Weg der Schande weiter. Ich hoffe auf eine zweite Chance im Leben, ich denke an die, die ich hinter mir lassen werde.

Die Nacht bricht rasch herein. Der Regen schlägt gegen die Fensterscheibe, der Leuchtturm wird in Abständen hell. Das Meer ist aufgewühlt. Es ruft nach Opfern. Arthurs Gesichtszüge sind müde. Er schläft sofort ein. Ich sehe seine Schönheitsflecken auf der Schulter. Ja, ich sehe einen Mann mit Schönheitsflecken auf den breiten Schultern. Von nun an habe ich nichts mehr zu befürchten.

Morgen früh fahren wir mit der ersten Fähre weg. Für immer!

Der Kurpfuscher

In der Bäckerei, in der ich arbeite, brachte ich den Mittelfinger in die Ausrollmaschine. Das war eine schöne Sauerei. Und das beim Tourieren von Blätterteig. Da war die Aufregung groß. Sofort wurde mir ein Handtuch um die Hand gewickelt und ich wurde zum Arzt gefahren.

Der legte mir einen fachmännischen Verband an und ließ einen Krankenwagen kommen, der mich sofort ins städtische Klinikum in Karlsruhe brachte. Das Blut sickerte in der Zwischenzeit durch den Verband, bis ich in Karlsruhe ankam.

Dort wurde ich zur Notaufnahme gebracht. Ich musste mich auf einen Operationstisch legen, bis der diensthabenden Arzt kam.

Mensch Junge, war das ein Arzt. Potzdonner, das war ein Mann … Ich traute meinen Augen nicht, so einen jungen hübschen gutaussehenden Herrn Doktor hatte ich schon lange nicht mehr gesehen. Der hatte einen prächtigen Lockenkopf, zwei bernsteinfarbene Augen, ein verschmitztes Lächeln. Der haute mich total um. Gut, dass ich schon lag.

Ich fragte: „Werde ich es überleben?"

Er flachste und sagte: „Nein, ich glaube nicht."
Die Krankenschwester grinste, sie kannte schon ihren Chef, den Herrn Onkel Doktor.

Die Operation ging ratzfatz über die Bühne, mit starken Händen und geübten Griffen vernähte er das Ganze, verknotete die Fäden, dann kam ein schöner Verband um die Wunde und ich bekam einen Krankenschein ausgestellt. „So", meinte er am Schluss, „nun können Sie nur noch beten."

Nun bekam ich noch einen Bericht für den Hausarzt und in zwei Tagen sollte ich beim Hausarzt nachsehen lassen. Auch das Fädenziehen würde der Hausarzt übernehmen. Ich fragte den Doktor, ob er das nicht übernehmen könnte, und schaute ihn an wie ein Hündchen, das gerade auf den Teppich gemacht hatte, mein Kopf lag schräg und meine Augen schauten mitleidserregend aus.

Dann kam ein ganz überhebliches Grinsen von ihm. „Nein, tut mir leid, mein Job ist getan und erledigt, da ist nun der Hausarzt zuständig. Ich kann ihnen aber noch IBU 400 verschreiben, falls Sie Schmerzen bekommen. Für alles andere ist nun der Hausarzt zuständig."

Ich ging von dannen wie ein begossener Pudel. Mir war zum Heulen. War's das jetzt schon? Das sollte nun das Ende gewesen sein? Nie mehr sehe ich den netten sympathischen Herrn Doktor?

Die Arzthelferin brachte mich noch bis zur Tür. So, das war's ... Das Einzige, was ich hatte, war der Name vom Doktor. Die Arzthelferin fragte mich: „Können Sie so überhaupt Auto fahren?"

Ich fragte: „Mit was?"

Sie deutete auf meine verletzte Hand. „Mit der Wunde und dem Verband am Finger?"

„Ach sooo, da war ja noch etwas?" Ich schaute den Verband an und dachte mir: Tja, ich bin doch mal wieder tollpatschig ... etwas daneben. Aber was ist eine kleine Schnittwunde gegen ein blutendes Herz? „Äh, ich habe gar kein Auto dabei."

„Soll ich ein Taxi rufen?"

„Nee, ich nehme die Bahn."

Einen Tag später, ich konnte ja nicht arbeiten, klingelte mein Handy, ich geh ran und da ist dieser *Mister Sexy*, der Herr Onkel Doktor am Apparat: „Guten Tag, wie geht es Ihnen?"

Ich sage: „Gut."

„Haben Sie Beschwerden und die Nacht gut überstanden?"

„Ja, ich lebe noch ..."

„Das beruhigt mich, ich hatte schon Angst, dass ich den Verband zu fest angelegt habe."

„Doch, etwas zu fest ist es schon, mein Arm wird etwas blau, möchten Sie sich das Ganze nicht doch noch einmal ansehen?"

„Gut, dann kommen Sie ins Krankenhaus."

„Herr Doktor, rufen Sie bei jedem Patienten zu Hause an und fragen um sein Wohlergehen?"

„Nein, nicht bei jedem, aber bei Patienten, die vielleicht nicht den Tag überleben, da melde ich mich dann schon noch einmal ..."

Es folgte ein kleiner Schlagabtausch wie beim Tennis, ein Schlag nach dem anderen. Am Schluss fragte ich ihn; „Darf ich Sie auf ein Bier einladen?

Schließlich haben Sie so einen guten Job gemacht und ich bin weder in Ohnmacht gefallen noch verstorben."

„Und wo?"

Ich zuckte die Schultern, da fiel mir ein, dass er das am Telefon ja nicht sehen konnte. „Keine Ahnung, machen Sie einen Vorschlag."

„Na gut, im Boots in Stuttgart, morgen Abend, 20 Uhr."

Mich haute es aus den Socken. Das Boots war ein Lederlokal in Stuttgart und das war eine richtige Gay-Motorrad-Kneipe. Sendepause, es wurde ruhig im Hörer. Nach einer Weile sagte ich: „Ja klar, super, das finde ich." Nach langem Hin und Her stand der Deal: morgen Abend im Boots in Stuttgart.

Am nächsten Abend war ich im Boots, geschniegelt und gebügelt in Lederklamotten, ich war mit dem Auto da. Ich hatte auch ein Motorrad, das stand aber gerade in der Werkstatt. Ich war mit meinem Verband am Finger der Hahn im Korb …

„Man steckt aber auch nicht überall den Finger rein", sagte ein geil aussehender Typ hinter dem Tresen.

„Das wäre dir nicht passiert, du klemmst nicht, oder?", war meine Antwort.

Schallendes Gelächter um den gesamten Tresen.

Ich setzte mich auf einen Barhocker, hob meinen Finger in die Luft und sagte: „Ein Kurpfuscher von Arzt hat mir das angetan!"

In dem Moment spürte ich schwer eine Riesenpranke auf meiner Schulter. Ich drehte mich um und hob meinen Kopf.

Da stand er in einer schwarzen Lederkombi, in schwarzen Stiefeln und den schwarzen Helm unterm Arm. So stand er da, breitbeinig und großkotzig. Die Locken hingen ihm ins Gesicht. Dieses verschmitzte Lächeln. Bernsteinfarbene Augen. Der absolute Wahnsinn, der Typ.

„Hallo, Herr Doktor, ich habe gerade von Ihnen erzählt, wie hervorragend ich im Krankenhaus behandelt wurde", versuchte ich mich herauszureden und hielt immer noch den Finger in die Luft.

Er kam her und drückte mir einen Kuss auf den Mund. Ich bekam ab da keine Luft mehr. Sollte ich doch nun den Heldentod sterben?

Die anderen am Tresen wurden lautstark und schrien: „Hört jetzt auf bitte, das ist ja nicht mehr zum Aushalten! Was ihr da macht, das macht man doch nicht in der Öffentlichkeit." Dabei hätten alle gerne mit mir getauscht.

Wir blieben nicht lange. Wir brauchten unserer Ruhe. Wir wollten fort von hier aus dieser Bar. Weg von diesen vielen gierigen Blicken, die uns beobachteten, die jeden Schritt und jeden Tritt, jede Bewegung aus dem Augenwinkel belauerten.

Wir fuhren zu ihm, er auf seiner Harley voraus, ich mit dem Auto hinterher.

Dort holte er zwei Bier aus dem Kühlschrank. Kurze Zeit später legten wir unsere Kleidung ab – oder waren es die Hemmungen? Vermutlich beides.

Danach übten wir uns in ein paar Doktorspielchen.

Was wird uns dieses Leben noch bieten?

Eine Liebe in Florenz

In den frühen Morgenstunden des 23. September 2018 …

… wurde am linken Arnoufer des Ponte Santa Trinita die Leiche gefunden von Luca Santosiris. Der Körper wurde an Land gespült. Hier gab es keine Strömung, deshalb wurde der Leichnam nur leicht hin und her geschaukelt. Als die Carabinieri den Toten umdrehten, stellten sie fest, dass die rechte Gesichtshälfte von einer grünlichen Fäulnis überzogen war. Luca war 29 Jahre alt geworden.

Luca: Wer sind diese Männer in Uniform und warum glotzen sie mich so an? Haben die noch nie eine Leiche gesehen? Warum fotografieren und vermessen sie mich? Wollen sie einen Sarg für mich kaufen? Einer wird ganz bleich und wie er die Augen abwendet … Wird er sich erbrechen?

Anna: Die Polizei hat mich angerufen, ich habe die Worte im Ohr: ertrunken, Leiche, Personenidentifizierung. Ich soll unverzüglich kommen zur Identifizierung. Ich fahre zur Polizei, mitten im Raum steht ein fahrbarer Tisch. Sie entfernen das Laken, ein Polizist hält mich. Werde ich des Mordes beschuldigt?

Leo … ist ein Stricher und steht am Bahnhof von Florenz. Seit einer Woche hat er nun nichts von Luca gehört. Sein Handy ist abgeschaltet. Ok, ich stürze mich nicht in den Tod, nur weil der gnädige Herr sich ein paar Tage nicht bei mir meldet.

Luca: Ein Mann mit einem pockennarbigen Gesicht umkreist mich, dicke Brillengläser, Schweißtropfen auf der Stirn und eine Knoblauchfahne – igitt! Ich bin vollständig nackt. Keine Frage, mit so einem Typ von Mann schlafe ich nicht, zu hässlich.

Anna: Lucas Eltern und Anna haben versucht die Obduktion zu verhindern. Aber alles hilft nichts. War es ein Unfall oder Mord?

Leo: Der Blödmann ist tot! Und ich muss es aus dem Nachruf der Zeitung La Repubblica erfahren. So ein Mist. Die Totenmesse findet am 26. September um 14 Uhr am Hauptfriedhof statt. Unterschrieben von seinen Eltern und seiner Lebensgefährtin Anna.

Anna. Luca hatte noch seine eigene Wohnung. Totenstille in dem leeren Raum. Briefe und Telegramme kommen. Sie plant die Beerdigung in allen Einzelheiten. In ihrer Brust befindet sich nackter Schmerz, sie könnte schreien.

Leo: Ich bin ein Junge vom Bahnhof. Ich komme hierher, um meinen Lebensunterhalt zu verdienen. Auf der Durchreise befindliche Herren bitte ich mir zu folgen auf die Bahnhofstoilette. Ich gehe voraus. Ich spüre sie im Rücken, spüre ihre Scham. Danach stellt niemand eine Frage, alles ist wie von selbst zur Routine geworden.

Luca: Ich glaube nicht an Gott, aber meine Eltern hängen an dieser Zeremonie, an dieser Kälte und an dieser Tradition. Wenn ein Santosiris stirbt, dann hat Gott ihn zu sich gerufen. Wie wird meine Trauerfeier sein? Tränenausbrüche? Geflüsterte Unterhaltung? Diskreter Blickwechsel? Hustenanfälle? Vielleicht plärrt ein Baby? Ich bin oft hierhergekommen, um das wunderschöne Gesicht von Philippino de Lippis zu sehen, das ergreifende Selbstporträt: der junge Mann mit den sinnlichen Lippen und dem Mädchenkopf voll mit Locken. Er hat eine Ähnlichkeit mit Leo.

Anna: Wir hören die Traueransprache des Pastors. Er ist dick, nein fett, nur Kirchenmänner können so fett sein. Sein Wanst wölbt sich unter der Soutane.

Leo: Er geht zur Kirche, aber nicht rein, er traut sich nicht. Als der Sarg herausgetragen wird, erkennt er Anna. Sie hatte er einmal gesehen auf einem Bild, das Luca ihm gezeigt hatte.

Luca: Sie haben mich zur Leichenhalle gebracht, hier gibt es sogar eine Klimaanlage, welch Luxus. Die Toten laufen also nicht Gefahr, unter der Hitze zu leiden. Leute, die sich meinetwegen treffen, die mir folgen, das kommt nicht alle Tage vor. Da sind meine Eltern, die werden von einer großen Last erdrückt. Daneben Anna, das schwarze Kleid steht ihr gut. Ich habe immer gesagt, Schwarz ist deine Farbe. Ganz hinten im Hintergrund ist Leo. Er lehnt sich an eine Zypresse und hält Abstand.

Anna und Leo, glaubt mir, dass ich euer Bild mitnehmen werde. Ich höre nur noch den dumpfen

Aufschlag der Erde, die auf meine letzte Bleibe geworfen wird. Und eine Rose, die herabfällt.

Anna: Du brachtest mich zum Lachen. In diesem Lachen lag die ganze Hoffnung des Seins, ich liebte es so und werde es vermissen. Ich liebe ihn so sehr … Wir waren füreinander gemacht.

Leo: Ich habe das Gefühl, das ganze Unglück der Menschheit bricht über mich herein, der ganze Schmerz breitet sich aus, wenn ich über die Gräber schaue. Christliche Demokratie dieser Gesellschaft, die Barone und Geistlichen dieser Republik. Es ist zum Kotzen, ich muss gehen … Ich gehe zu meinem Bahnhof und ziehe das Gewimmel von gleichgültigen Menschen vor. Körper, die zittern und deren Geschlechtsteil unter der Kleidung anschwillt, als diese heuchelnde Trauergemeinde.

Luca: Die Erde drückt mich ein wenig, gewiss, aber ich liebe den Gedanken, mit ihr eins zu werden, mich in ihr aufzulösen. Das Licht fehlt mir, das schöne helle Sonnenlicht von Florenz. Das Azurblau des Himmels, das Gelb der Sonne. Es gibt nichts Schöneres. Auch das entbehre ich. Die Umarmungen, tasten, spüren, streicheln – das wird mir fehlen.

Anna: Manches Mal liegen Glück und Unglück ganz nah beieinander. Es tut so weh, alleine zu sein. Er fehlt mir entsetzlich, ich habe Schmerzen und Heimweh und alles tut mir weh. Diese Leere …

Leo: Dieses Geschäft hier, habe ich mich wirklich dafür entschieden? Mir dreht es den Magen um. Da kommt ein junger Mann, der Sex möchte. Er gibt mir ein paar Scheine, aber er denkt nur an sich und ich denke nur an mich. Unsere Egoismen sind unversöhnlich.

Luca: Das Schauspiel ist zu Ende, der Vorhang gefallen. Wieder zu Staub werden, vergehen, zerfallen. Ein Segen. Gibt es noch ein Leben nach dem Tode? Wenn die Würmer ans Gerippe gehen, wenn die Maden gedeihen, das Ungeziefer sammelt sich zu einem Festmahl, um sich von meinem faulenden Fleisch zu ernähren.

Anna: Was hat die Obduktion herausgebracht?

Luca: Wann wird sie alles begreifen? Wie lange wird es dauern, bis sie die Wahrheit erfährt, dass ich ein Doppelleben geführt habe? Welche Umstände werden zur Entdeckung führen? Sicher, ich hätte reden können, aber dazu fehlte mir der Mut.

Leo: Den anderen zu verlieren, kaum dass man ihn gefunden hat. Nun sind wir getrennt und wir waren nie eins geworden.

Luca: Ich habe ihr nichts verheimlicht außer Leo. Wie viele Männer können das von sich behaupten?

Anna: Sie geht in die Wohnung von Luca, sie sucht etwas, aber was? Nach einer Spur? Ein Hinweis, irgendetwas. Anna hat keine Ahnung, in welche Richtung sie suchen soll.

Luca: Als Leo und ich das allererste Mal zusammen geschlafen haben, haben wir uns in den Laken gewälzt und wir wussten gleich, dass diese Geschichte schon lange vorher begonnen hatte. Wir kannten nichts voneinander und haben doch alles wiedererkannt.

Anna: Zunächst findet sie nichts. Doch dann entdeckt sie doch etwas: ein Polaroid-Foto von einem Mann mit der Aufschrift *Leo Bertinade*. Soll ich damit zur Polizei gehen?

Leo: Schon immer hatte ich etwas für Jungs übrig, in der Schule befummelte ich meine Kameraden und steckte die Hand in ihre Hosen.

Luca: Nun beginnt die Ewigkeit. Alle Zeit der Welt zu haben, die man sich wünscht, sogar noch verdammt viel mehr – das ist mir jetzt doch etwas zu viel.

Anna … geht zur Polizei und zeigt das Bild. Der Polizist sagt, das sei Leo, ein junger Prostituierter, der am Bahnhof von Florenz stehe. Anna ist verwundert über die Formulierung *Prostituierter*.

Luca: Hoffentlich hängen sie dem Leo nichts an, er hat ja nichts gemacht. Die Gebete am Sonntagmorgen in der Messe werden das Grundübel nicht wegwaschen. Sie werden der Hölle und der Verdammnis nicht entkommen.

Anna: Wie kommt Luca in die Bekanntschaft zu Leo? Haben sie Verkehr miteinander gehabt? Worin bestand ihre Beziehung? Hatte Luca von Leos Strafregister gewusst?

Leo. Die Polizei kommt zu Leo. Er sei kein Verdächtiger, nur ein Zeuge, wenigstens in diesem Augenblick. Ob er etwas gesehen habe? Ob er zu Luca Santosiris etwas sagen könne?

Anna. Die Polizei war bei Anna. Wäre es möglich, dass sie über die Beziehung zu Leo herausgefunden habe und dass sie ihn büßen lassen wolle und daher getötet habe, indem sie ihn von der Brücke warf?

Leo. Die Polizei war erneut bei ihm. Ob es sein könne, dass Luca Schluss gemacht hat mit ihm und zu seiner Freundin Anna ziehen wollte, um mit ihr ein gemeinsames Leben aufzubauen? Ob Leo mit Luca zusammen war? Er habe viel Alkohol im Blut gehabt. Ob Leo Besitzansprüche anmelden und Luca ihn verlassen wollte? Um wieder ein *normales Leben zu führen*?

Luca: *Ein normales Leben*? Der Polizist hat nichts begriffen vom Leben.

Anna: Nein, ich bedaure nichts im Leben.

Leo: Um mich herum bilden Männer einen Kreis, sie umschwirren mich wie Motten das Licht. Sie wägen ab, sie handeln. Ich mache nichts. Ich warte nur ab, was geschieht. Ich lasse sie ihre Runden drehen. Das Schauspiel auf dem Bahnhof bleibt immer gleich. Hier bin ich im vertrauten Terrain.

Ich habe meinen Platz wieder eingenommen auf dem Bahnhof von Florenz und das Leben geht weiter. Hoffentlich kommt jetzt dann Kundschaft, ich brauche neue Zigaretten.

Luca: Ich bewegte mich wie ein Schlafwandler durch die Stadt. Ich mochte den Zustand der Trunkenheit. Ich dachte an Leo, der mich zu meinen ersten Liebeserfahrungen zurückgebracht hatte.

Ich dachte an unsere Umarmung, wie er mich berührte und einen Kuss auf die Halsschlagader gab, an sein schönes Lachen. Ich zitterte am ganzen Körper und mein Wunsch war, dass es so das gesamte Leben andauern wird, genau so wie in diesem Moment. Als ich auf dem Ponte Santa Trinita angelangt war, lehnte ich mich über die Brüstung, um das Brodeln des Flusses zu genießen. Ich genoss das Hochspritzen der Wassertropfen. Ich bemerkte, dass ich völlig alleine war. Ohne nachzudenken stieg ich auf die Brüstung hinauf und breitete meine Arme aus.

Ich hatte nicht bemerkt, dass die Brüstung teils glitschig und rutschig war.

Wirklich zu dumm, ich hatte das Gleichgewicht verloren.

Poeten wohnen im Dachgeschoss

Ein arbeitsreicher anstrengender Tag neigt sich dem Ende zu. Ich fahre vom Geschäft nach Hause zu meiner Wohnung. Unterwegs rufe ich bei meiner Lieblings-Pizzeria an und bestelle meine Lieblingspizza Quattro Stagioni, aber ohne Käse, da ist auch schön was drauf. Im Supermarkt halte ich noch kurz und hole mir zwei Flaschen Rotwein, vielleicht bekomme ich auch Lambrusco. Aber dann nichts wie ab nach Hause.

Vor dem Mietshaus steht ein Umzugs-Lastwagen. So ein Mist. Dann fahre ich dreimal um den Block, um einen Parkplatz zu finden. Das nächste Mal, wenn ich eine Wohnung miete, möchte ich eine mit Tiefgarage oder Außen-Stellplatz. Endlich finde ich etwas und mache mich zu Fuß auf in Richtung meiner Wohnung, in der Hand zwei Flaschen Rotwein.

Schon von Weitem sehe ich ihn … Ein schnuckeliger hübscher sexy Bär, der Kartons auslädt beim Umzugslastwagen. Nicht so eine Bohnenstange. Auch nicht so ein dünner Fisch, wo die Gräten abstehen und man am anderen Morgen überall blaue Flecken hat, weil die Rippen rausgucken. Nein, bei dem ist was dran, so ein richtiger knuffiger geiler Kerl. Ein richtiger Bär.

Ich halte die Tür auf, damit er mit seinem Karton durchkann. Ach je, hat er mich berührt oder war es nur ein Luftzug? Er hat meinen Arm berührt und ein Stromschlag durchzuckt mein Herz. Alle Haare am Körper stehen ab. Ich habe Gänsehaut. Nicht nur meine Haare stehen ab. So was Hübsches und Geiles wie aus einem Porno. Er bedankt sich. Ich sage: „Es war mir eine Ehre, Ihnen die Tür aufhalten zu dürfen."

An der Klingel steht schon der neue Name: F. Müller. Heißt bestimmt Franziska Müller, so eine Tussi, die da einzieht. Das ist mal wieder typisch Frau, der Mann schleppt sich einen ab und die sitzt bestimmt jetzt beim Friseur und lässt sich Strähnen machen oder beim Nagelstudio und lässt sich die Nägel richten, und der geile Typ vom Umzugsunternehmen muss sich hier einen abrackern. Der reißt sich den Arsch auf. Der Kerl könnte ein Klavier alleine hochtragen, so hat der Muskeln. Nein, der könnte zwei Klaviere auf jede Schulter nehmen und die hochtragen.

Ich renn hoch in meine Wohnung und gehe ans Fenster. Den Typ muss ich beobachten. Normalweise würde ich einen Porno einlegen. Aber so ein Typ vor dem Fenster, da habe genügend Porno und brauche keinen in der Flimmerkiste. Der Typ hat zwölf von zehn Punkten, absolut der Hammer.

Wenn er hochläuft, hänge ich am Türspion und glotze raus, aber da ist alles so verzerrt. Vielleicht sollte ich fragen, ob ich etwas helfen soll? Oder vor die Tür stehen und die Tür abwaschen, damit ich ihn beobachten kann? Der schleppt sich den Wolf ab, was der alles da hochträgt. Ein Karton mit Büchern, das hätte ich auf vier Kartons verteilt, das kann ja kein Mensch tragen. Vielleicht kracht ihm ein Karton durch, dann renne ich raus wie der heilige Samariter und helfe ihm beim Einpacken.

Oder soll ich eine Ess-Station aufbauen? Wie ein kleiner Imbiss; jedes Mal, wenn er vorbeikommt, überreiche ich ein Glas Wasser und ein belegtes Brötchen? Oder soll ich einen nassen Waschlappen holen und ihm auf die Stirn legen? Ich kann doch nicht nebenher laufen und ihm Luft zuwedeln oder den Waschlappen austauschen, damit er immer frisch ist.

Ich würde so gerne mit dem Finger über seine Muskeln fahren. Oder von der Brust runter über den Bauch und noch eine Etage tiefer. Seine Brust ist so breit und seine Hüften schmal. Seine Gesichtszüge markant. Seine tollen Muskeln, er ist so stark. Ich würde mit meinen Fingern an seinen Brustwarzen zwirbeln. Ich würde den trocken lecken, wenn er schwitzt. Der Mann ist total mein Beuteschema. Absoluter Sexappeal, absolut meine Kragenweite. Die vollen Lippen dieses Wahninnskerls. Ströme meines heißen Speichels umspülen seine Schamhaare. Meine Hände sind gleichzeitig überall. Ich berühre ihn von Kopf bis Fuß. Ich werde immer schneller und beginne im Takt zu stöhnen. Er wird mich zügig und großzügig mit seinen Lippen liebkosen. Mein Mund würde sich auf seine Nippel legen und mit der Zunge würde ich nicht nur diese Nippel bearbeiten. Seine Lippen würden meinen

Torso küssen und meinen Mund. Meine Zunge zieht eine feuchte Spur von glühendem Feuer entlang der Linie seiner Haare bis zum Sch...Schienbein natürlich. Ich ringe nach Atem ... Bei mir tut sich etwas in der Hose, ich muss an etwas anderes denken: Blumenwiese, Blumenwiese, Blumenwiese, Blumenwiese.

Ich renne an den Laptop und gebe den Namen des Umzugsunternehmens ein. Vielleicht sind Bilder eingestellt mit Namen. Das wäre jetzt schön, wenn da ein Bild von ihm käme und er hieße Basti Lümmelmann oder Mümmelmann oder so. Aber nichts. Niente, null, nothing. Das Umzugsunternehmen ist aber auch doof zu seinen Mitarbeitern. Da wäre doch jetzt nichts dabei, wenn ein Bildchen eingestellt wäre. Am liebsten würde ich jetzt an den Chef schreiben und mein inneres Monster heraushängen.

Aber in dem Moment klingelt es an der Tür. Ah, der Pizzabote kommt. Er bringt mir meine Pizza. Ich frage ihn, ob er trinkt. Er sagt Nein, dann sage ich: „Dann brauche ich auch kein Trinkgeld zu geben." Gebe ihm trotzdem einen Euro und sage: „Aber nicht alles auf einmal sinnlos verprassen."

Ich nehme den Karton, hole mir noch ein Glas Rotwein dazu, sitze in der Küche und mache den Karton auf. So ein Mist, das ist Quattro Formaggi. Ich habe eine Käseallergie. So ein Mist und das sollen achtundzwanzig Zentimeter sein? Wenn das achtundzwanzig Zentimeter sind, muss ich mein

Profil bei Planet Romeo abändern. Ich sitze da und ärgere mich.

Dann klingelt es wieder an der Wohnungstür. Ach, das ist bestimmt der Pizzabote, der sich geirrt hat und mir meine richtige Pizza bringt. Ich öffne die Tür. Und wer steht da? Mein Sonnenschein, oh Wunder der Natur. Die Sonne geht auf. Er ist es, der Mann, auf den ich ein Leben lang gewartet habe. Der Prinz auf dem Schimmel. Der Pornokönig in Person steht vor der Tür. Ich muss mich kneifen, denn ich denke, ich träume. Ich kann nicht mehr klar denken.

„Hallo, ich heiße Franz Müller und werde Ihr neuer Nachbar", stellt er sich vor. „Ziehe oben in der Dachgeschoss-Wohnung ein. Habe ein Problem mit dem Bett, könnten Sie mir kurz helfen beim Aufbauen?"

Mein Möbel-Mann, der Schweiß steht ihm auf der Stirn. Richtig abgeschafft und abgekämpft schaut er aus. Er braucht jetzt meine Hilfe. Ich muss ihm unter die Arme greifen. Er schaut so was von abgemagert aus. Auf diesen Moment habe ich neununddreißig Jahre gewartet. Mir schießen die Freudentränen in die Augen. Heutzutage sagt man: Die Augen machen Pippi, wenn ich das schon höre, könnte ich explodieren.

Ich sage: „Natürlich, nichts lieber als das … Aber eine Gegenfrage: Haben Sie Hunger? Nach der ganzen Plagerei? Möchten Sie eine warme Pizza und ein Glas Rotwein haben?"

Er grinst wie ein Honigkuchenpferd. Der Mund geht auf, von einem Ohr zum anderen. Er hat ein Grübchen in der Wange, wenn er grinst. Ach je, wie süß. Ich werde knallrot in dem Moment.

Er setzt sich an den Tisch, nimmt keine Messer und Gabel, sondern die ganze Pizza in die Hand. Ich schaue, ob er das auf einmal hineinschiebt. Aber nein, er beißt ab an der Pizza. Dazu stelle ich ein Glas Rotwein und die zwei Flaschen mit dazu auf den Tisch. Ich verschwinde kurz ins Badezimmer und muss mich unbedingt frisch machen …!

Und wenn ich rauskomme, habe ich nur ein Badetuch um die Hüften gewickelt. Ich werde alles dafür tun, dass das rein zufällig herunterfallen wird.

Den fülle ich dermaßen ab, denke ich mir. Den verführe ich jetzt nach allen Regeln der Kunst. Genauso wie manche Frau die Männer um den kleinen Finger wickeln, werde ich den um den Finger wickeln. Das Bett kann warten. Mein Bett ist fertig aufgebaut und frisch bezogen. Der soll hier schlafen. Wenn er überhaupt zum Schlafen kommen wird?

Sein Körper wird explodieren und sein Bauch und seine Brust werden überschwemmt werden von weißer Flüssigkeit. Er wird literweise flüssige Glut verströmen, genauso wie ein Vulkan …

Die Königlich Marokkanischen Streitkräfte

Wir schreiben das Jahr 1984 in Marokko. Hier heißt die Bundeswehr: Königlich Marokkanische Streitkräfte. Der oberste Befehlshaber ist der König. Nouri kam mit 18 Jahren zur Armee. Er wusste, was sie da mit den Homos machen. Die haben keine schöne Stunde mehr, wenn so etwas an die Öffentlichkeit kommt.

Nouri spielte einmal als kleiner Junge mit rosaroten Autos, dann schrie der Vater ihn an: „Bist du eine Scheiß-Schwuchtel, oder was?" Dabei war Nouri nur froh, ein paar selten farbige Autos gefunden zu haben. Seit diesem Tag hat Nouri nur noch mit den Panzern gespielt.

Nouris Vater war Kriegsveteran, ein altgedienter hochrangiger Offizier und es war dessen Wunsch, dass Nouri die Laufbahn eines unterwürfigen Soldaten einschlägt. Nouri hatte sich mit dem Gedanken abgefunden, alleine zu sterben und als Jungfrau, dafür aber als stolzer Krieger mit der Waffe in der Hand.

Nouris Vorgesetzte sind Captain Ahsken und Sergeant Karim

Ein Kamerad kommt zu Nouri und sagt: „Du musst dich bei Sergeant Karim melden."

Die anderen in der Stube fragen: „Was hast du jetzt wieder angestellt?"

Nouri zuckt mit den Schultern. „Keine Ahnung, nicht dass ich wüsste, vielleicht habe ich zu laut gelacht oder mein T-Shirt ist dreckig?"

„Oder du hast einen zu kleinen Pimmel", sagt einer. Alle lachen.

Er geht zu Karim und dieser berichtet ihm, dass er ihn gerne für die Offizierslaufbahn vorschlagen würde. „Sie haben absolut das Potenzial für diesen Job."

Nouri steht stramm da und sein Herz poltert. Es gibt aber noch einen Kollegen, der diesen verdammten Job auch haben möchte, und dieser heißt Yellins.

Die gesamte Truppe wird den Tag über zum Exerzieren verdammt, Stunde um Stunde müssen sie Übungen durchstehen. Am Abend schreit Captain Ahsken: „Geht euch duschen, ihr stinkt wie die Schweine. Danach treffen wir uns zu Schießübungen auf dem Schützenplatz. Wegtreten!"

Beim Duschen sieht Nouri Yellins' Augen durch den Wasserdampf hindurch. Er lehnt die Stirn an die grauen Fliesen und hat das Gesicht zu Nouri gedreht. In seinem Blick lodert der pure Hass.

Nouri gefällt ein einziger Mann hier und das ist Sergeant Karim. Aber noch nicht einmal im Traum würde er daran denken, hier in der Kaserne irgendetwas zu machen und dann noch mit seinem Vorgesetzten, niemals!

Sergeant Karim und Nouri beobachten sich über ein Jahr lang, wenn nicht sogar noch länger. Er spürt seinen Atem bei der Schießübung mit dem Gewehr. Er hat ihn berührt, als das Gewehr neu geladen wurde. Einmal gleiten Sergeant Karims Fingerkuppen über Nouris Haut und er bekommt eine Gänsehaut. Das Ganze geht ein Jahr so und eines Tages steckt ihm Sergeant Karim einen Zettel zu:

„Heute Nacht 0 Uhr im Waffenlager Nr. 12"

Nouri zerkaut den Zettel und schluckt ihn hinunter, damit ihn niemand finden kann. Kurz vor Mitternacht schleicht er sich aus dem Zimmer. Seine Kumpels schlafen. Er duckt sich und sucht immer wieder die Schatten der Gebäude, damit die wachhabenden Soldaten ihn nicht erkennen können, und erreicht nach einer Weile das Waffenlager Nr. 12.

Karim steht schon da. Seine Hand gleitet an Nouris Bauch entlang, kaum dass er zu Karim tritt. Sie geben sich den ersten Kuss.

„Das geht nicht", protestiert Nourim, „wenn das auffliegt, sind wir verloren. Bist du verrückt? Bei all den verdammten Göttern … Wir sind verloren, wenn das rauskommt."

Die Lippen sind weich, zart und verführerisch. Wie Schokolade. Zum ersten Mal im Leben spürt Nouri diese Wärme. Sergeant Karim ist derjenige, der die Ketten sprengt, er ist die Sonne. Er ist derjenige, der die Verführung beginnen möchte.

Meine Sonne, denkt Nouri, *scheißegal, wenn ich nun verbrenne in dieser Sonne.* Nouri drängt sich Karim entgegen, schlingt seine Arme um dessen Nacken.

Die Zungen berühren sich, gleichzeitig läuft Nouri ein Schauer über den Rücken.

„Verdammt, Nouri, ich will dich", raunt Karim.

Wie kann er so etwas sagen? Nouri weiß nicht, wie er reagieren soll bei seinem Vorgesetzten. „Halt mal kurz", wollte er sagen. Nouri ist sich sicher, er spritzt jetzt gleich in die Hose.

„Halt die Klappe", sagt Karim, „redet man so mit seinem Vorgesetzten?"

„Komm mir jetzt nicht mit der Scheiße, du stehst doch da drauf."

„Und ob", gibt Karim zu und drückt sein Bein zwischen Nouris Beine.

Plötzlich ertönen Schritte auf dem Flur. Nouri verkrampft total, er schluckt trocken und lauscht. In wenigen Zentimetern Entfernung marschiert die Nachtwache. Karim legt den Finger auf Nouris Mund.

Nouri ist verdammt heiß in dem Moment, er möchte am liebsten sterben. *Dieser Mann ist so perfekt und so attraktiv – Wahnsinnsfigur*, denkt Nouri. *Ich gefährde nicht nur meine Karriere, sondern auch seine. Wenn uns jemand erwischt, sind wir am Ende am Arsch und uns kann niemand mehr retten. Dann sind wir die Nächsten, die am Baum hängen werden.*

Karim möchte Nouri erneut küssen, doch Nouri zuckt zurück. „Nein, nicht …"

„Wieso?", fragt Karim.

Nouri schluckt hart. „Weil es nicht geht, es ist einfach zu gefährlich!"

„Du bist ein kleiner Hosenscheißer, der Schiss hat ohne Ende."

Er weiß genau, wie er Nouri anschauen muss, damit ihm die Knie weich werden. Wie viele hat er schon um den Finger gewickelt? Wie viele hat er schon verführt? Wie viele hat er schon hier getroffen?

Nouri schüttelt den Kopf. „Ein Fick ist es nicht wert, unser Leben zu riskieren."

„Ein Fick?" Karim runzelt die Stirn. Unzählige Worte liegen ihm auf der Zunge, doch er spricht keines davon aus. Stattdessen rückt er von Nouri ab und lehnt sich zurück an die Holzkiste, sein Ständer zeichnet sich deutlich in der Hose ab. Er streift mit den Fingern durchs Haar und irgendwie schaut es jetzt in dem Moment so aus, als wäre er der Idiot.

Ich kann es nicht glauben, denkt sich Nouri, *habe ich diesem wunderbaren Mann, diesem Traumtyp gerade ernsthaft einen Korb gegeben? Bin ich eigentlich plem plem?* Dennoch sagt er: „Lass uns das hier vergessen. Glaube mir, es ist die richtige Entscheidung. Es ist ein Fehler, was wir hier tun."

Sie gehen auseinander und jeder auf seine Stube, Nouri zuerst und Karim folgt nach fünf Minuten.

In den folgenden Wochen machen sie einen großen Bogen um den jeweils anderen. Zumindest auf privater Ebene, beruflich ist es natürlich kaum möglich.

Irgendwann, als Nouri einmal alleine ist, öffnet er fahrig seinen Gürtel und die Hose. Mit der anderen Hand nimmt er sein T-Shirt und klemmt es zwischen die Zähne, dann beginnt er sich zu befriedigen. Verzweifelt späht er an seinem Bauch hinab und stellt sich vor, es wären die Finger von Karim, die sich um seine Länge legen. Er hofft, dass niemand reinkommt. Diese Wärme, dieses Gefühl, diese Sehnsucht, diese Hoffnung. Sie sammelt sich heiß in seinen Lenden. Er stöhnt verhalten, krampft sich zusammen und kommt in seiner Hand. Schwer atmend blickt er auf seine Finger ... Und wenn man ein Tuch braucht, ist natürlich keines da.

Einige Zeit später verkündet Sergeant Karim, dass Nouri die Prüfungen bestanden hat und nun befördert wird zum Unteroffizier. Das gefällt Yellins absolut nicht. Er hatte sich auch die Beförderung erhofft. Der Blick in seinen Augen verspricht nichts Gutes.

Nouri macht sich viele Gedanken, er fühlt sich schwach, wie ein Fehler. Weil es das ist, was über Homos in dieser Stadt erzählt wird. Sie sind weich und armselig, sie sind keine echten Männer und sie halten absolut nichts aus. Nouri trainiert hart, um sich selbst zu beweisen, dass seine Sexualität nichts mit seiner Männlichkeit zu tun hat. Nichts mit seiner Härte und nichts mit dem Anteil seiner Muskeln. Wie Yellins wohl gucken würde, wüsste er, dass eine beschissene Schwuchtel ihn bei allen

Übungen besiegt hat und noch dazu befördert wurde.

Nouri macht so gut es geht einen Bogen um Sergeant Karim. Aber es geht nicht immer, schließlich haben sie tagtäglich miteinander zu tun. Einmal ist Nouri alleine in der Turnhalle und räumt Turnmatten weg. Dann wird er angesprungen, er reagiert sofort und versucht sich zu verteidigen, aber er geht zu Boden – über ihm liegt Karim und gibt ihm einen Kuss.

Erschrocken zischt Nouri: „Sag mal, hast du keine Angst?"

„Natürlich." Karim grinst. „Ich will ehrlich sein, Nouri, wir können niemals eine ganz normale Beziehung aufbauen. Wir werden uns immer und immer wieder verstecken müssen. Wir werden uns heimlich treffen müssen. Vorsicht und Diskretion sind bis an unser Ende das Fundament, auf dem wir unser Leben aufbauen." Karim murmelt noch etwas in Nouris Nacken, seine Lippen berühren die Haut und schicken Schauer die gesamte Wirbelsäule hinab. Heiß gleitet seine Zunge die Konturen auf und ab.

Nouri zuckt vor der Berührung zurück, doch sie schickt einen Lavastrom in seine Lenden. Sie sammelt sich wie heiße Glut und bettelt abgekühlt zu werden. Und dann noch dieser mörderischer Ständer von Karim, wie er am Oberschenkel reibt. Nouri dreht gleich durch ... Er wagt einen Blick in das Gesicht des Sergeant. Nouris ganzer verfluchter Körper schreit nach ihm. Sein Schwanz zuckt und der Samen ergießt sich heiß in den Stoff der Hose. *Oh je ist das peinlich*, denkt er sich. *Ist irgendwo eine Knarre oder soll ich mich im Klo ertränken? Wenn man ein Loch braucht, um reinzuspringen, ist keins da …*

Erneut vergehen Wochen. Bei einer Schießübung steht Karim hinter Nouri und beobachtet ihn. Nouri kann seinen Atem auf der Haut spüren. „Beim nächsten Mal bist du fällig", flüstert Karim ihm zu, „merke dir das."

In der Kantine tauschen sie unbemerkt sehnsüchtige Blicke aus. *Ein Treffen in einem billigen Motel wäre vielleicht noch eine Möglichkeit*, überlegt Nouri. Doch Karim kommt ihm zuvor und lädt Nouri in eine Bar ein. Es ist kein Candlelight-Dinner, kein Trip für drei Tage oder eine Wochenend-Tour, nein, nur auf ein Bier.

Am Samstagabend um 21 Uhr treffen sie sich in der Stadt in einer Bar und jeder bestellt sich ein Bier. Dann geht der erste auf die Toilette, kurz danach kommt der zweite nach.

Karim macht die Kabinentür auf und Nouri folgt ihm nach. Fahrig macht sich der Sergeant an seinem Gürtel zu schaffen und öffnet die Hose. Er drückt Nouri mit festem Griff runter in den Schritt.

„Nicht hier", bittet Nouri, „nicht hier …" Doch Karim drückt ihn weiter runter. „Verdammt", protestiert Nouri mit gedämpfter Stimme und steht wieder auf, „ich kann das nicht."

„Halt die Klappe und gehe runter auf die Knie!",
schreit Karim.

Langsam lässt sich Nouri auf die Knie sinken, bis
sein Gesicht direkt vor Karims Schritt schwebt.
Nouri streicht mit dem Daumen über seine Lippen,
ehe er Karims Schwanz in den Mund schiebt.

„Mach es mir mit dem Mund, blas mir einen",
lechzt Karim, „mach's aber gut ..."

Nouris Herz stolpert, er keucht und stöhnt, so
was Großes hatte er noch nie im Mund. Vorsichtig
schielt er zur Tür, ob auch wirklich abgeschlossen
ist. Von oben ist die Musik aus der Bar zu hören.
Wenige Augenblicke später zuckt Karims Schwanz
und er hat einen Orgasmus. Er pumpt heiße weiße
Lava in Nouris Mund. Erst als der letzte Tropfen
seine Lippen benetzt, drückt er Nouris Kopf zurück. Er zupft ein Stück Klopapier von der Rolle
und meint süffisant: „Na, mein Wunderknabe, das
hast du fein gemacht. Das nächste Mal ficke ich
dich, dass das klar ist – und ohne Widerrede!"

Danach gehen sie zusammen hoch zur Bar und
trinken ihr Bier aus. Kurz darauf gehen sie in ein
Motel und lassen der schönen Nacht ihren freien
Lauf. Diesmal kommt jeder auf seine Kosten.

Drei Tage später kommt Yellins zu Nouri und sagt:
„Mitkommen zu Sergeant Karim, er möchte uns
beide sehen."

Gemeinsam gehen sie zu Sergeant Karim. Yellins klopft nicht an, sondern reißt die Tür auf und sie gehen hinein.

Sergeant Karim blickt verwundert von seiner Arbeit am Schreibtisch auf. „Was wollt ihr?"

Yellins übergibt ihm ein Bild. Darauf kann man sehr gut Nouri erkennen, wie er einem Mann einen bläst; Karims Kopf hingegen wurde unkenntlich gemacht. Es wurde von oben nach unten fotografiert über die Trennwand der Toilette in der Bar hinweg.

Sergeant Karim sieht Yellins an. „Was willst du?"

„Ich möchte den Posten von Nouri haben und dass er unehrenhaft entlassen wird. Und Sie, Sergeant Karim, werden das genau so machen, wie ich das sage, ansonsten zeige ich das gesamte Bild – Ihrem Vorgesetzten Captain Ahsken."

Nouri steht wie gelähmt da und es wird ihm heiß und kalt. Sein Herz beginnt wild zu rasen, er atmet fast nicht mehr. *Er will uns erpressen*, denkt er, *er will den Unteroffiziers-Posten. Bitte, den soll er haben, wenn dafür die Fotos vernichtet werden.* Nouri schließt die Augen und atmet tief ein.

Sergeant Karim zögert nicht lange. „Gut, ich werde mit dem Gremium reden. Du wirst die Position erhalten und Nouri wird zurücktreten."

Yellins nickt zufrieden. Er hebt das Bild wieder auf und streicht es glatt wie das Kleid einer Geliebten. Zu Nouri sagt er: „Du bist doch sicher gerne der Held, der sich opfert, damit sein Loverboy weiterleben kann."

An Sergeant Karim gewandt sagt er: „Du allein, Karim, wirst dafür sorgen, dass Nouri abhauen wird. Ansonsten sorge ich dafür, dass die ganze Welt das gesamte Bild sehen wird. Ein Bild mit deinem Kopf drauf. Dann seid ihr beide gefickt. Oder nur er. Nur du alleine kannst das entscheiden." Dann verlässt er das Büro und schlägt die Tür laut zu.

Der Sergeant sieht Nourir an. „Ich kann nichts für dich tun. Entweder du kommst ins Straflager, da wo Schwanzlutscher wie du hingehören, oder du wirst unehrenhaft entlassen." In den Augen des Sergeanten war keinerlei Mitgefühl zu erkennen, nur bodenloser Hass, Hass auf Nouri. Hass auf diese dreckigen Homos, Hass auf alle Schwulen, auf alle Schwuchteln der Welt.

„Das kannst du nicht machen", bettelt Nouri mit verzweifelter Stimme, „bitte, sie werden mich erschießen."

„Herr Nouri Lessen Lazoane, bitte verlassen Sie nun mein Büro."

Cenim der kleine Stricher

Ein netter junger Mann mit dem Namen Cenim, etwa 18 Jahre, mietete im Jahr 2020 eine Einzimmer-Wohnung an bei mir.

Er war ein sympathischer netter Mann, der eine Lehre als Werkzeugmacher im ersten Lehrjahr begann. Auch ich wollte ihm eine Chance geben für eine gute gesicherte Zukunft und vermietete ihm die kleine Wohnung in Karlsruhe.

Drei Monate später sah die Situation ganz anders aus, wovon ich aber das meiste erst viel später erfuhr. Er hatte die Lehre abgebrochen, keine Lust mehr, keinen Bock auf tägliche Arbeit. Er wollte leben und wollte etwas vom Leben haben. Er wollte glücklich sein, auch ohne Arbeit gut leben. Er ging zum Jobcenter, zum Landratsamt, zum Arbeitsamt, um Unterhalt und Mietzuschuss zu erhalten. Vielleicht hat er auch versucht schon Frührente zu bekommen, ich weiß es nicht. Auf jeden Fall wollte er wenig tun und dafür noch recht viel Geld kassieren.

Dann kam er noch auf die schiefe Bahn – oder war er da schon zuvor gelandet? Er kaufte sich Cannabis, Kokain, Haschisch, Benzos oder LSD. Ich kenne mich da nicht so gut aus. Aber er hatte ganz harmlos angefangen mit einer Zigarette und etwas Cannabis und hatte sich dann im Laufe von wenigen Monaten hochgearbeitet.

Die Miete kam pünktlich vom Jobcenter im Landratsamt und wurde exakt überwiesen. Cenim war gut drauf, er finanzierte seine Trips mit kleinen Diebstählen, vielleicht auch ein paar größeren. Er ging auf den Strich, man konnte ihn beim Bahnhof finden und für 50 Euro machte er fast alles. Er hatte auch keinerlei Skrupel, wenn er mit einem Typen intim war, ihm unbemerkt hinterher die Taschen zu leeren. Er hatte auch Hepatitis bekommen. Damit wurde er angesteckt von einem Südländer im Sex-Kino bei einer schnellen Nummer.

Nachts träumte er oft von einem liebevollen Vater, der ihn in den Arm nimmt, ihn drückt und ihn gerne hat. Die Wirklichkeit sah ganz anders aus.

Sein Vater war ein Säufer, der seinen Sohn im Suff oft verprügelte. Er war nicht stolz auf ihn und hatte in einem Tobsuchtsanfall Cenim oft als Homo und Schwuchtel beschimpft. Irgendwann stellte er ihm den Koffer vor die Tür, wechselte das Schloss aus und sagte: „Ich habe keinen Sohn mehr."

Seit Cenim von zu Hause abgehauen war, hat er seinen Erzeuger nie mehr gesehen. Zuerst pennte er unter der Brücke oder bei Freunden. Irgendwann hatte Cenim einen Tiefpunkt erreicht und wusste, so ging es nicht mehr weiter. Er wollte ein neues Leben beginnen und mietete sich eine kleine, aber feine Wohnung. Ja, bei mir, ich Trottel. Er begann mit der Ausbildung zum Werkzeugmacher. Es sollte ein neuer Lebensabschnitt beginnen.

Aber das ging nicht lange gut. Er schmiss seine Lehre, wollte aber alles haben wie seine Kumpels, ein Laptop, ein Handy, eine tolle Stereoanlage und einen riesigen Flachbildschirm. Und natürlich die Drogen. All das und noch viel mehr wollte Cenim besitzen. Wie macht man das am besten …?

Er musste mehr tun als Stricher, er brauchte mehr Umsatz. Cenim sprach wildfremde Männer am Bahnhof an, traf sich mit Männern im Hotel oder im Wohnmobil, auf dem Rücksitz von Autos oder in der Fahrerkabine von Lkws oder es wurde die Rampe vom Lkw heruntergelassen, dann wurde in die Laderampe gekrochen, die Rampe wieder geschlossen und im Laderaum vom Lastwagen verwöhnte er manchen Lastwagenfahrer. Wie so oft schon machte Cenim für etwas Kohle alles, was man anbieten kann …

Cenim wollte vom Rauschgift loskommen, aber wie?

Im Gegenteil, es wurde nur noch schlimmer. Er war in einem Hamsterrad gefangen und kam nicht mehr heraus. Das Geld reichte vorne und hinten nicht.

Eines Tages brach er in einem Pfandhaus ein. Das Ganze wurde von einer Kamera aufgezeichnet. Zwei Tage später stand die Polizei bei Cenim vor der Tür. Zuerst fragten sie eine Nachbarin nebenan, ob hier Cenim wohnt, und sie zeigten ihr ein Bild. Sie bestätigte: „Ja, der junge Mann wohnt hier." Die Polizei klingelte bei ihm.

Zuerst machte Cenim nicht auf, aber schließlich blieb ihm nichts anderes übrig, die Polizei hätte sonst gewaltsam die Tür aufgebrochen. Die standen vor der Tür wie die Presser, die Pistole im Anschlag. Bestimmt dachte Cenim- in diesem Moment- an seinen Vermieter, dass der nicht so viel Schaden erleidet. Er öffnete also die Tür.

Die Polizei sagte: „Wir müssen Sie festnehmen."

Dann ging Cenim auf die Nachbarin los und schrie: „Du Schlampe, du altes Miststück, was mischst du dich da ein?" Die Polizei ging aber dazwischen und nahm Cenim fest. Dieser spuckte die Polizisten an und schlug auf sie ein, dann wurde er mit Handschellen abgeführt. Er kam vor den Richter und ins Gefängnis.

Ich als Vermieter wusste von der ganzen Geschichte nichts.

Als die Miete ausblieb, versuchte ich den Mieter Cenim zu erreichen, zuerst über das Handy, dann per Brief. Dann fuhr ich zu der Wohnung und sah, dass der Briefkasten überquoll von Post.

Nun nahm ich den Mietvertrag und ging damit zur Polizei. Da hieß es: Ich bekomme absolut keine Auskunft, wo Cenim ist. Dann ging ich zum Landratsamt, zum Jobcenter und zum Arbeitsamt mit dem bestehenden Mietvertrag. Aber niemand konnte und durfte mir Auskunft geben.

Dann ging ich zu einem Schlüsseldienst und fragte, ob sie mir die Wohnung aufmachen. Denn es hätte ja sein können, dass Cenim tot in der Wohnung liegt. Der Schlüsseldienst durfte mir nicht aufmachen, hierzu hätte ich vom Gerichtsvollzieher eine Erlaubnis gebraucht.

Also schaltete ich einen Anwalt ein. Dieser schrieb jeden Monat den Mieter Cenim an, und wir sendeten diesen Brief per Einschreiben an ihn. Nach zwölf Monaten bekam ich dann die Erlaubnis vom Gerichtsvollzieher, die Wohnung aufzubrechen und zu räumen.

Wir trafen uns vor der Wohnung: der Gerichtsvollzieher, ich als Vermieter, ein Zeuge, der Schlüsseldienst und die Polizei, um die Wohnung zu öffnen. Dann ging der Gerichtsvollzieher in die Wohnung und machte zuerst Bilder vom Zustand der Wohnung und vom Mobiliar, was alles geklaut oder beschädigt war.

Ich durfte danach die Wohnung räumen, neu streichen und neu vermieten – nach einem Jahr!

Cenim war noch etwa weitere sechs Monate im Gefängnis und die anderen Mitinsassen hatten ihm das Leben schwer gemacht. Zehn Tage vor der Entlassung erhängte er sich in seiner Zelle.

Genau so wie einst Lili Marleen

Marseille 1998

Buchhändler hatten ihre Stände auf beiden Seiten der Fußgängerzone in Marseille aufgebaut. Es war der 28. April, dieser Tag wurde in Marseille zum Tag des Buches erklärt, um an den Todestag von Shakespeare zu erinnern. Schon 1960 war dieser Tag vom französischen Verlegerverband eingeführt worden. Wahre Menschenmassen wollten an diesem Tag die aktuellsten Neuerscheinungen, aber auch gebrauchte Bücher erwerben. In Marseille war es üblich, der oder dem Liebsten und Freunden ein Buch zu schenken. Die Menschen waren bemüht nicht mit leeren Händen nach Hause zu kommen, jeder wollte ein Buch erstehen.

Ich war an diesem Tag zum Urlaub in dieser wunderschönen Stadt. Sie ist bekannt und berühmt für ihre Universitäten und es gibt Tausende von Studenten, die hier studieren. Was einem auffällt, ist, dass es hier multikulti zugeht und Menschen aus allen Nationalitäten vorhanden sind, Menschen aller Couleur.

Ich verweilte an einem Stand und schaute mir die Bücher an. Ich war an diesem Tag einsam und alleine, und wenn ich sah, wie die ganze Welt dieses kunstvolle Ritual zelebriert, dann war ich traurig, da ich noch nie einen Freund hatte. Und wenn es doch einmal vorkam, dass ich eine Affäre hatte, dann war es doch ein ziemlich seltenes Ereignis in meinem Leben. Ich hatte Lust, einen Bummel zu machen zwischen den Ständen hindurch. Allerdings muss ich sagen, dass ich Deutscher bin und der französischen Sprache nicht so ganz mächtig. Ich hielt Ausschau nach deutschen Büchern, denn diese gab es hier auch.

Vor mir sah ich einen jungen Mann, der mir auffiel durch seine kurz geschnittenen dunklen Haare und einen Schnauzer. Er hatte ein T-Shirt an in Neonfarben, das seinen trainierten Oberkörper umspannte. Er war groß, schlank wie gemeißelt, genau so wie David von Michelangelo, mit muskulösen Armen, dem Hals und den Schultern eines Athleten.

Einige Sekunden später blickte er hoch in meine Richtung, als hätte er meinen Blick gespürt. Unsere Blicke begegneten sich für den Bruchteil einer Sekunde zu einem verschwörerischen Augenblick. Ich fühlte mich zufrieden in diesem Moment für diese gemeinsame Wahrnehmung. Das ist es, was ich liebe, es belebte mein Ego, wenn mich jemand auf diese Art und Weise anschaut. Als würden mich die Blicke durchdringen.

Ich ging weiter weg von diesem Bücher-Stand und von diesem T-Shirt zum nächsten Stand. Dieser Moment hatte irgendwie meine Stimmung total verändert. Ich begann plötzlich nicht mehr so sehr nach den Büchern zu schauen, sondern mehr nach den Menschen. Oder mehr nach dem einen Menschen? Vielleicht sollte ich irgendwo irgendein Buch kaufen. Nur damit die Leute nicht dachten, ich wäre der einsame Verlierertyp, dies würde eine Art von Tarnung sein. Aber nein, hier in Marseille kannte mich kein Mensch. Weshalb sollte ich dies tun?

Ich versuchte mich wieder den Büchern zu widmen und vertiefte mich in die Beschreibung, als ich von der Seite den Typ im T-Shirt bemerkte. Ich konnte und wollte hier in Marseille keine Affäre beginnen. Erstens kann ich die Sprache nicht und zweitens kann ich die Sprache nicht. Nein, zweitens war mein Urlaub bald zu Ende. Ich lächelte in mich hinein und fragte mich selbst, ob er auch schwul ist. Er überflog den Tisch, machte gelegentlich halt, um einen Blick auf die Rückseite eines Buches zu werfen. Er war am Ende des Tisches angelangt und legte das Buch zurück. Er schaute hoch und sah mich. Ich lächelte ihn immer noch an, er lächelte zurück und setzte seinen Weg weiter fort auf der Fußgängerzone. Ob er wohl einen Partner hatte? Für den er ein Buch suchte?

Ein paar Stände weiter sah ich erneut meinen netten Fremden. Ich schaute ihn an und lächelte. Er strahlte eine unheimliche Sympathie auf mich aus. *Soll ich ihn ansprechen?*, dachte ich. *Aber was soll ich sagen?* Er legte das Buch wieder hin und unsere Blicke trafen sich. Er lächelte, er hat mich bestimmt wiedererkannt. In meinem Kopf hatte ich die wildesten Fantasien. Bilder liefen im Inneren bei mir ab, die man nicht beschreiben kann. Die wildesten Fanatsien. Ich verdrehte innerlich die Augen und dachte Blumenwiese, Blumenwiese, Blumenwiese.

Ich schaute weg. *Hoffentlich kann er keine Gedanken lesen. Zumindest meine nicht.* Ich starrte hinab auf das Buch, das ich in Händen hielt, und legte es wieder nieder. Als ich hochsah, war er weg, weitergegangen zum nächsten Stand. Ich blieb stehen. Sonst kommt er noch auf die Idee, ich würde ihn verfolgen oder dergleichen.

Ich schaute das nächste Buch an und verspürte den Wunsch, dass wir uns wiedersehen, dass sich noch einmal unsere Wege kreuzen werden. Dass ich ihn dieses Mal ansprechen werde.

Ja, wenn ich ihn das nächste Mal sehe, spreche ich ihn an. Ich bin immer zu schüchtern und zu verklemmt jemanden anzusprechen. Ich hatte immer das Gefühl, etwas Dummes oder Blödes oder Lächerliches zu sagen, und mache daher eine Chance, jemanden näher kennen zu lernen, total zunichte. Ich hoffte, dass er den ersten Schritt machen würde. Das wäre toll. *Ich stelle mich neben ihm hin und er soll mich ansprechen.*

Drei Stände weiter sah ich ihn erneut. Er las abermals die Rückseite eines Buches. Ich versuchte etwas in die Nähe von ihm zu gelangen, aber es waren Trauben von Menschen da. Er legte das Buch nieder und ging weiter. Ich konnte ja nicht gleich hinterherrennen und gab ihm etwas Vorsprung.

Wie finde ich einen Weg, um das Eis zu brechen? Was soll ich sagen? Wie soll ich ihn ansprechen?

Ich ging weiter und hielt Ausschau nach dem netten sympathischen Unbekannten. Aber er war weg. Ich schaute nach links und nach rechts. Einfach weg. Wir waren uns an so vielen Stellen begegnet. Ich war mir sicher, er konnte nicht weit sein. Wo war der Stand, als ich ihn das letzte Mal gesehen hatte?

Dorthin ging ich zurück und lief noch einmal von dort kreuz und quer. Wo könnte der unbekannte nette Typ sein? Ich schaute nach dem auffälligen Neon-T-Shirt. Ich suchte nach dem Gesicht und nach dem Lächeln des Unbekannten. Ich wollte losrennen und seinen Namen rufen. Aber den kannte ich ja nicht. Ich hatte seine Spur verloren, ich absoluter sentimentaler Idiot. Ich hätte am liebsten vor Zorn losgeheult. Dann hätte ich mich aber erst recht hier in der Öffentlichkeit zum Narren gemacht und total blamiert. Was sollte ich nun tun? Ich Trottel …

Ich hatte Hunger und setzte mich in ein Straßen-Café und bestellte mir einen Kaffee mit einem Eclair. Ich saß da und starrte vor mich hin. Auf einmal sah ich ihn. Er stand an einer Laterne genau so, wie einst Lili Marleen an einer Straßenlaterne gestanden haben muss.

Ich winkte ihm zu und er kam an meinen Tisch.

Er sagte zu mir: „Ich glaube, wir haben uns heute schon einmal gesehen?" Er hatte eine wunderschöne Stimme und wunderschöne Augen.

Zu mir selbst sagte ich: *Wenn ich so weitermache, dann verletze ich mich wieder selbst.* Aber ok. Ich bot ihm einen Platz an und sagte: „Setz dich zu mir."

„Welch ein Zufall, dass wir uns wiedersehen?", fuhr mein Fremder fort, als er sich zu mir an den Tisch setzte. „Ich hatte gehofft, dich wiederzusehen."

Wir gingen beide sehr vorsichtig miteinander um und es gab eine nette Konversation. Ich fragte nach seinem Namen und wiederholte seinen Namen und erforschte, wie es sich auf meinen Lippen anfühlte. Er schaute in meine Augen, beugte sich vor und gab mir einen Kuss. Unsere Oberkörper gingen aufeinander zu und unsere Lippen trafen sich zu einer Explosion. Danach gingen wir zu ihm auf seine Studentenbude.

So wäre es in meiner Fantasie abgelaufen.

Die Wirklichkeit sah etwas anders aus:

Er stand an der Laterne genau so, wie einst Lili Marleen an einer Straßenlaterne gestanden haben muss. Ich winkte ihm zu und er kam an meinen Tisch. Er redete auf Französisch auf mich ein.

Ich antwortete: „Je ne parle pas bien le francais."

Er drehte sich um und ging.

Mein Freund vom Winde verweht

Ich stellte die Tasche mit dem Schuhkarton, in dem sich die Asche von Tom befand, gegenüber von mir auf den leeren Sitz in der Straßenbahn. Ich hatte ihn schon so lange mit mir herumgetragen. Seine Asche wollte ich draußen im Rheinhafen in den Rhein verteilen. Das war sein letzter Wunsch. Und diesen Wunsch wollte ich ihm unbedingt erfüllen. Es war sein letzter, sein einziger und innigster Wunsch …

Aber beginnen wir von vorne:

Ich war achtundzwanzig Jahre alt, als ich in einer Bar diesen Mann kennenlernte. Er war eine große stattliche Erscheinung. Kurze schwarze Haare mit einem maskulinen markanten Gesicht. Wir kamen ins Gespräch und sein Name war Tom. Ich musste an Tom of Finland denken.

Danach haben wir uns noch zweimal getroffen, aber ich merkte bald, er wollte den schnellen Sex und ich suchte nach etwas Längerfristigem, eine richtige Partnerschaft wollte ich aufbauen. Das war aber weder sein Verlangen noch sein Wunsch.

Er sah gut aus und war gut gebaut, er konnte hingehen, wo er wollte, bekam stets das, was er wollte und wonach er suchte. Er war Opernsänger in der Staatsoper in Karlsruhe, Countertenor. Er hatte sich beworben in Frankfurt, Köln, Mailand, Paris – an den berühmtesten Opernhäusern der Welt, um dort auftreten zu können.

Ich wollte hier bleiben, meine Wurzeln, meine Eltern, meine Freunde und Bekannten, vor allem der Betrieb, alles war hier, ich konnte nicht meine Koffer packen und weggehen. Ich konnte hier in Karlsruhe nicht so leicht und einfach alles aufgeben. Deshalb war für mich schnell klar, dass unsere Verbindung nicht unter einem guten Stern geboren war, und ich merkte, dass von meiner Seite aus keinerlei Interesse an ihm bestehen würde. Oder redete es mir ein, da es eigentlich so nicht ganz stimmte.

Vierzehn Tage später lernte ich einen Mann kennen, der heute seit vielen Jahren mein Ehemann ist. Bei ihm hatte ich das Gefühl, dass er auch etwas Längerfristiges suchte, eine Verbindung, die nicht nur ein One-Night-Stand ist.

Tom und ich verloren uns danach aus den Augen und sahen uns bestimmt zwei Jahre nicht mehr und hörten auch nicht voneinander. Irgendwann rief er an und hatte mich direkt am Telefon. Er erzählte, er hätte schon mehrmals angerufen, aber immer sei meine Mutter am Telefon gewesen und er ließ Grüße an mich ausrichten. In der Zwischenzeit sei er erkrankt, sehr krank. Er fragte, ob ich ihn besuchen könnte und ob ich ihm einen Wunsch erfüllen könnte.

Natürlich sagte ich zu und fuhr am nächsten Tag in das Krankenhaus, ins St. Vincensius in Karlsruhe. Als ich ihn sah, traf mich der Schlag, er war sehr gezeichnet vom Tode und man sah, dass es ihm nicht gut ging, dass er sehr bald sterben musste. Er war dem Tode geweiht.

Wir begrüßten uns kurz und knapp und ich brauchte ihn nicht zu fragen, wie es ihm ginge. Ich sah es, es ging ihm schlecht. Er kam auch direkt zum Punkt. Er habe Aids und würde sterben und der Mensch bestehe zum größten Teil aus Wasser. Er fragte mich, ob ich ihm einen Gefallen tun könnte. Er trug mir auf, was ich zu tun hätte. „Sie werden nur das Wasser aus mir herausholen, genauso wie das gefriergetrocknete Essen bei den Astronauten, das sie mit ins All geben. Du brauchst nur Wasser hinzuzufügen und plopp, erwacht es wieder zu neuem Leben."

Ich sagte nichts. Da gab es nichts, was ich sagen konnte, um irgendetwas zu ändern.

Er legte seine Hand auf meine und sagte: „Deshalb möchte ich, dass du mich im Rhein verstreust. Ich weiß, dass ich nicht mehr zum Leben erwachen werde, nicht so wie diese Astronautenkost. Es wird sich anfühlen, als würde ich mich mit Lehm vermischen, und dann wird ein neuer Lebensabschnitt beginnen. Ein neuer Anfang. Ein Neubeginn. Wer weiß, wohin es mich verschlagen wird. Ich werde in Paris, in Mailand oder in der Oper in Sydney in Australien auftreten. In den größten Opernhäusern der Welt werde ich als Countertenor meinen Auftritt haben ..."

Ich begann zu weinen, er hielt inne und schaute mich an.

Er schien unverletzlich und suchte die Konfrontation mit den elementaren Kräften in der Natur. Ich machte mir keine großen Hoffnungen und konnte mich nicht an diesen Gedanken gewöhnen. Es gab hier keinerlei Aussicht auf Heilung. Er war so sehr gezeichnet. Ich musste kurz rausgehen. Ich ging auf den Gang und heulte Rotz und Wasser. Als es mir wieder besser ging, kehrte ich zu ihm zurück und verabschiedete mich, ich wusste, das war der letzte Abschied für immer.

Am nächsten Tag verstarb er. Es gab keine Zeit mehr, um großartig Abschied zu nehmen. Er hatte nicht sehr viele Freunde, und er hatte mich auserwählt, ihm diesen letzten, diesen einen Wunsch zu erfüllen. Seine Asche im Rhein zu verstreuen.

Aber so einfach war das Ganze gar nicht. Denn in Deutschland kann man nicht einfach die Asche nehmen und davonlaufen und so tun, als wäre das alles eine Selbstverständlichkeit. Fakt war, es entstand eine Asche und diese Asche war in einer schwarzen Urne aufgestellt im Beerdigungsinstitut.

Ein Freund von mir, den ich eingeweiht hatte, lenkte den Besitzer vom Beerdigungsinstitut ab und so konnte ich die Urne öffnen. Darin lag in einem Plastikbeutel verschweißt Toms Asche. Ich holte den Beutel heraus und tausche ihn aus gegen die Asche, die ich mitgebracht hatte – von meinem offenen Kamin. Ich muss zugeben, meine Asche war bestimmt mehr als die Asche von Tom, das war aber jetzt egal. Ich tauschte beide Aschebeutel miteinander aus, meine Kaminasche kam in die Urne und die von Tom kam in einen Schuhkarton und der später in eine Tüte vom Aldi. Basta ohne langes Hin-und-hergefackel.

Seine Asche – die aus meinem Kamin – wurde im Friedhof beigesetzt bei einer Trauerfeier, wo das gesamte Opernensemble von Karlsruhe vertreten war. Angefangen vom Intendanten bis hin zu den Putzfrauen waren alle vertreten.

Mit der anderen Asche, der richtigen von Tom, war ich auf dem Weg zum Rheinhafen in Karlsruhe. Wie fühlte ich mich? Hatte ich alle betrogen? Aber nein, es war der letzte Wunsch von Tom, also erfüllte ich ihm diesen Wunsch. Ich rätselte, weshalb er mich auserwählt hatte. Wir waren noch nicht einmal Freunde, wir waren nicht einmal Bekannte. Ich wusste es nicht. Bekam ich nun Selbstzweifel? Haderte ich mit dem, was ich getan hatte? Aber nein – oder? War ich zu enthusiastisch? Hatte ich hier eine Heldentat begangen? War ich verrückt? Machte ich etwas Falsches? Darf das sein? Mir ging manches durch den Kopf. Wir begaben uns auf unsere letzte Fahrt, unsere letzte gemeinsame Reise.

Ich saß hier auf meinem Sitz und Tom mir gegenüber. In Gedanken nahm er Gestalt an, ich sah ihn vor mir, wie er da sitzt, wie er sich bewegt, wie er spricht, wie er den Kopf hält. Aber nein, es war nur ein Schuhkarton mit Asche ...

Ich nahm die Tüte auf meinen Schoß. Dann stellte ich sie auf dem Boden ab, dann holte ich sie wieder hoch auf den Sitz. So ging es bis zum Ende der Straßenbahnfahrt. Am Schluss schnappte ich mir ganz begierig die Tüte und rannte aus der Straßenbahn.

Ich stolperte, stieg aus und ging mit der Asche im Schuhkarton die Straße entlang. Ich lief mit dieser unangenehmen Last durch die Gegend, die nun noch alles war, was von meinem Freund Tom übrig war. Die Tränen liefen mir über die Wangen.

Menschen schauten mich an, als hätte ich ihn ermordet. Als würde ich seinen abgetrennten Kopf in meinen Händen halten. *Ach was für ein Quatsch*, dachte ich mir, *was bildest du dir ein? Nimm dich gefälligst nicht für so wichtig.*

Je weiter ich lief, desto mehr hatte ich das befreiende Gefühl, ich würde Tom ein schönes Erlebnis bereiten. Als ob ich einen Ausflug machen würde mit Tom. Ich hatte jedoch auch das Gefühl, mich würden manche Menschen geradezu anglotzen.

Aber ich hatte ja nur eine Aldi-Tüte und darin war ein Schuhkarton. Also konnte ja niemand etwas merken oder ahnen ... oder doch? Mir selbst war schmerzlich bewusst, was ich hier in Händen hielt. Ich versuchte mir selbst einzureden, dass das genau die Sorte Humor war, die Tom gemocht und selbst praktiziert hatte. Eine Frau glotzte mich geradezu an. Ich fühlte mich schuldig und ging schnell weiter.

Es war mir egal, es musste mir egal sein, was die Leute alle dachten. Ich tat es für Tom, für Tom ganz alleine. Ich machte daraus ein Ritual. Ich war an all den Plätzen, wo Tom früher am Rheinhafen war, aber eine richtige tolle Stelle fand ich nicht. *Doch, dachte ich, ich glaube, da drüben wäre eine Stelle, wo ich die Asche in den reißenden Fluss werfen werde. Hallo, Tom, ich glaube, wir sind am Ende deiner Reise angekommen.*

Tot hat er mehr Zeit und Gedanken in Beschlag genommen, als er es jemals lebendig getan hat. Hier gab es Jungs auf Rollerskates, manche Menschen joggten und andere waren mit dem Hund unterwegs. An einer Stelle, wo ich dachte, die war ideal, stellte ich die Tüte ab und holte den Karton heraus. Der Augenblick der traurigen Wahrheit war nun gekommen. Ich nahm den Deckel des Kartons ab.

Tränen liefen mir über das Gesicht. Es war ein historischer Moment. Was sah ich? Blasses graues Pulver wie ein ganz feiner Sand. Wie sich halt Asche anfühlt. Sie war nicht mehr im Säckchen verstaut, sondern lose in diesem Karton. Ich langte hinein und hatte nun die Überreste meines Freundes in der Hand.

Ich streckte meine Hand aus und ließ diese Asche in den Rhein rieseln. Handvoll für Handvoll ließ ich Tom durch meine Finger in den Rhein gleiten. Es sah aus wie eine Schicht Metall auf den Wellen vom Rhein, er war in ständiger Bewegung, es kam mir vor, als würde ich Puderzucker in den Rhein streuen. Meine Hände hatten am Anfang gezittert, aber nun machten sie das ganz mechanisch. Meine Augen fixierten die Stelle, wo die Asche in den

Fluss rieselte. Plötzlich kam ein Windstoß und riss mir die Asche aus der Hand.

So tat ich, wie mir geheißen wurde. Am Schluss nahm ich den Karton und leerte ihn ganz aus. Lange blieb ich noch stehen und schaute den Wellen zu, machte mir meine Gedanke zu Tom. Als ich seine Überreste verstreute, musste ich an die gute Zeit denken, die wir zusammen hatten. Es war nicht wirklich viel Zeit gewesen, und trotzdem waren schöne Momente dabei. Ich werde ihn vermissen. Hatte ich alles richtig getan? Ich blieb noch eine Weile stehen und versunken in Gedanken machte ich mir nun bewusst, dass er endgültig gegangen war.

Der Lärm und die Menschen um mich herum stürmten mit Wucht wieder auf mich ein, und ich wurde aus den Gedanken gerissen. Ich erinnerte mich, dass ich nicht alleine war und dass das Leben weitergehen muss. Ich drehte mich um und kehrte dem Wasser den Rücken zu. Dann kletterte ich über die Absperrung und ging Richtung Stadt, zur S-Bahn und fuhr zurück. Meine Gedanken waren bei Tom und manche Träne lief mir übers Gesicht.

Zwanzig Jahre später, am 9. Mai 2018 sah ich im Fernsehen beim Eurovision Song Contest – kurz ESC – einen Sänger, er hieß David d'Or. Er sah genauso aus wie Tom. Kurze schwarze Haare mit einem maskulinen markanten Gesicht. Eine Stimme zum Ausrasten. Die Statur, die Größe, die Ausstrahlung und die Bewegungen: genau wie Tom. Mit diesem Countertenor entschied sich der Fernsehsender IBA für einen international erfolgreichen Sänger, der schon mit den besten Orchestern der Welt zusammengearbeitet hatte. Er war schon dabei bei Musicals, Opern und bei Pop-Sendungen im Fernsehen. Er gewann den elften Platz beim ESC in diesem Jahr.

Wenn ich es nicht hundertprozentig wüsste, dass es nicht sein kann, würde ich sagen, das ist Tom.

An diesem Abend war dieser David d'Or mein Gewinner.

Havanna

Havanna (spanisch *La Habana*), vollständige Bezeichnung **Villa de San Cristóbal de la Habana**, ist
die Hauptstadt der Republik Kuba und zugleich ei-
genständige Provinz. Mit rund 2,10 Millionen Ein-
wohnern und einer Fläche von 728,26 km² ist sie die
zweitgrößte Metropole der Karibik nach Santo Do-
mingo. Havanna ist eine der ärmsten Städte dieser
Erde. [Quelle: Wikipedia]

In Havanna ist es üblich, dass es für einen jungen
kubanischen Mann keine Schande ist, Hand in
Hand mit einem deutlich älteren Touristen durch
die Straßen zu gehen. Das wichtigste Element, weshalb das so ist? Das Geld. Havanna gehört zu den
ärmsten Ländern. Stricher gehen mit ihren Frauen
auf Eroberungszüge und stellen ihnen sogar ihre
Freier vor, nur für Geld. Die Ehefrau sagt: „Spiel ein
bisschen verliebt, nur um etwas Geld nach Hause
zu bringen." Geld ist das Wichtigste, das man hier
braucht, und ohne Job absolut nicht ganz so einfach.
   Das ärmste Land der Welt bringt auch solche Geschichten und Erlebnisse hervor. Einige von ihnen
heirateten sogar diese Männer, dort ist es erlaubt.
Aber diese Beziehungen gehen oft in die Brüche.
Aber manches Mal auch nicht. Dann gehen sie mit
diesem Mann in ein fremdes Land und beginnen ein
neues Leben und finden ihr Glück.

Diese Geschichte erzählt von zwei Jungs im Jahr 1975, die jeder eine Freundin hatten. Sie lebten in verschiedenen Wohnungen in einem Wohnblock.

Gema hatte komischerweise immer etwas Geld. Yosvani ging ihm heimlich nach und mochte wissen, wie er an das Geld herankam.

Da gibt es eine Mauer in Kuba. Man nennt diese Mauer *Malecon*, die berühmte Hafenmauer von Havanna. Da treffen sich alle Leute. Junge, Alte, Arme und Reiche, hübsche und hässliche Menschen. Sie sitzen abends nach Sonnenuntergang auf dieser Mauer und warten auf ihre Freier. Da kommen alle möglichen Touristen vorbei, man lacht, man scherzt, man rempelt jemanden an, man kommt ins Gespräch, man tauscht Blicke aus, man raucht und man trinkt und manches Mal entsteht mehr.

Genau dort beobachtete Yosvani, wie Gema Hand in Hand mit einem älteren Touristen in ein Hotel ging und nach einer Weile mit einigen Dollarscheinen in der Hand alleine zurückkam. Yosvani war nicht naiv und wusste, was geschehen war. Dann beschloss er, es seinem Kumpel gleichzutun, schließlich konnte auch er das Geld der Touristen gut gebrauchen.

Beide Jungs waren nicht schwul – glaubten sie zumindest. Sie standen nicht zu ihrem Schwulsein. Sie nahmen das Geld als Entschuldigung. Das brauchten und benutzten sie, um mit diesen Männern mitzugehen, um schnellen Sex zu machen.

Irgendwann saßen beide Jungs auf dieser Mauer, sie rauchten, sie lachten und wenn ein gutaussehender Tourist vorbeikam, dann gingen sie mit in sein Hotel oder auf eine öffentliche Toilette. Für ein paar Dollar machten sie Sex, meist jeder für sich mit je einem Touristen, manchmal arbeiteten sie auch zusammen. Für ein paar Dollar gaben sie ihren Körper her. Sie stellten sich zur Schau. Sie hatten schöne junge, durchtrainierte, geile Körper. Und mancher Freier war verrückt nach ihnen. Allerdings nach ein paar Tagen reisten die Touristen wieder ab.

Yosvani und Gema, erst zaghaft mit viel Unsicherheit, dann jedoch mit voller Leidenschaft verliebten sich ineinander. Auf dem Dach vom Wohnblock hatten sie einen geheimen Treffpunkt mit einer alten, zerfledderten, aber bequemen Matratze, dort trafen sich die beiden ab und zu, weitab von ihren Freundinnen, vom alltäglichen Leben. Hier oben, wo sie einen weiten Blick hatten über Havanna, hier liebten sie sich und träumten von einem besseren Leben.

Sie wollten irgendwann abhauen, nur sie beide. Sie träumten davon, wenn sie genügend Geld hätten, würden sie sich ein Motorrad kaufen und abhauen. Irgendwohin, egal wo. Sie wollten von vorne anfangen, ein neues Leben ganz von vorne beginnen. Wenn sie nur Geld hätten, was könnten sie alles tun?

Gema besaß irgendwann sogar Adidas-Turnschuhe. Aber nachts wurde er von einer Bande überfallen und sie zogen ihm die Schuhe aus und hauten ab. Yosvani klaute den Fernseher seiner Oma und machte den zu Geld, nur um etwas überleben zu können.

Die Oma ging mit dem Messer auf ihn los und schmiss ihn aus der Wohnung raus. Sie sagte zu ihm: „Halte dich an den reichen Spanier Juan, von mir aus heirate ihn und bringe schön Geld mit nach Hause. Sonst kommst du hier nicht wieder rein."

Die beiden Jungs hatten ihre Freier. Und wenn sie einmal keinen Freier hatten, dann liebten sie sich gegenseitig. Aber sie gingen ab und zu auch zu viert mit ihren Freundinnen einen Bummel machen oder in den Park oder auf den Rummelplatz. Niemand merkte, wie verliebt die beiden Jungs ineinander waren. Das große Ziel war, zu Geld zu kommen und abzuhauen und ein neues Leben aufzubauen.

Eines Tages beobachtete Yosvani durch ein Fenster hindurch einen alten Mann, der T-Shirts, Hosen und Uhren verkaufte, wie er das Geld in einem geheimen Versteck verstaute. Es war ein Loch in der Wand, vor dem ein Bild hing.

Zunächst dachte er sich nichts dabei und ihr Leben ging weiter. Sie gingen auf den Strich und verdienten sich ein bisschen Taschengeld, aber richtige Jobs hatten sie nicht. Von was sollten sie leben oder gar sich ihren großen Traum vom Auswandern erfüllen?

Schließlich raubte Yosvani den alten Mann aus und holte sich das ganze Ersparte, das der alte

Mann sein Leben lang zusammengetragen hatte. Yosvani rannt davon und versuchte sich zu verstecken.

Der alte Mann jedoch jagte ihm seine beiden Söhne hinterher. Aus dem vermeintlich einfachen Raub, weil Yosvani den Alten für langsam und hilflos gehalten hatte, entwickelte sich eine Verfolgungsjagd, während der er von einem Versteck zum nächsten rannte, aber immer wieder waren ihm die beiden jungen Männer auf den Fersen.

Und auf einmal erwischten sie ihn. Sie rammten ihm ein Messer in den Bauch, nahmen ihm das Geld weg und rannten davon.

Gema fand ihn, nahm ihn in den Arm und rief noch einen Krankenwagen, aber es dauerte ewig, bis dessen Sirene in der Ferne zu hören war.

„Gema", flüsterte Yosvani schwach, „das war unser Geld, mit diesem Geld wollten wir ein neues Leben beginnen, eine neue Zukunft aufbauen. Ich liebe dich und wollte mit dir ein neues Leben beginnen."

Aber alles war nun zu spät. Yosvani starb und Gema saß tränenüberströmt da.

Gema ging auf das Dach vom Hochhaus, in dem sie ihre Wohnungen hatten.

Auch er mochte nicht mehr länger leben. Ohne seine große Liebe, in völliger Armut und ohne jede Hoffnung stürzte er sich in den Tod.

Ken unterm Weihnachtsbaum

So ein Mist!

Wegen meiner Nichte muss ich mich heute, noch am Heiligen Abend, durch die Innenstadt quälen. Bisher habe ich dem Mädchen zu Weihnachten immer einen Schein in die Hand gedrückt, damit war für mich die Welt in Ordnung. Plötzlich aber sagt meine Schwester, das wäre nicht gut für das Kind. Das macht man nicht, man verschenkt kein Geld. Das ist absolut daneben. Die Kinder würden so den Sinn des Weihnachtsfestes nicht oder falsch verstehen.

Was für ein absoluter Scheiß, denke ich. Weihnachten, wo ist der Sinn dafür? Ob ich nun Geld schenke oder eine Barbiepuppe, was macht da der Unterschied? Außer dass man ein paar freie Tage hat, ist für mich Weihnachten ohne großen Sinn. Man braucht Geschenke für Hinz und Kunz und anschließend sieht man alle Verwandten, die man sowieso nicht ausstehen kann und gar nicht sehen möchte!

Egal – jetzt jedenfalls bin ich dabei, für das Mädchen eine Barbiepuppe zu kaufen, die hat es sich gewünscht. Überhaupt: Sind Barbiepuppen sinnvoll? Ich habe nie im Leben mit den Dingern gespielt, ich liebe mehr den Ken. In meinem Leben habe ich lieber Karriere gemacht. Sicherlich habe ich einige Kens gehabt. Jedenfalls die Männer, die ich kennengelernt habe – das waren mehr so One-Night-Stands …

Wenigstens finde ich die Barbiepuppe ganz problemlos.

Genauso schnell, wie ich die Barbiepuppe gefunden habe, habe ich noch einen Typen gefunden. Dunkel, Schnauzer, recht nett, gute Figur, kein Deutscher, spricht nur Englisch. Aber absolut mein Beuteraster.

Ich nehme ihn mit zu mir nach Hause, fahre mit der Barbiepuppe und meinem neuen Ken Richtung Wohnung. Das ist nun mein Ken … Ich frage ihn gar nicht nach seinem Namen und nenne ihn von Anfang an Ken.

Er ist ein süßer Kerl, sogar ziemlich unkompliziert. Er kann mit meiner gelegentlichen schlechten Laune umgehen. Seltsam, der Gedanke an ihn holt mich aus meinem Tief heraus und ich fahre einigermaßen ausgeglichen mit ihm nach Hause.

Unterwegs halte ich noch bei meiner Schwester, hänge die Barbiepuppe weihnachtlich eingepackt in einer Tüte an die Wohnungstür und schreibe ihr per WhatsApp, dass ich krank bin. Plötzlich hat mich ein Schnupfen, eine Grippe oder irgendetwas überkommen und ihr wisst alle, dass man an einem Männer-Schnupfen sterben kann. Das ist das Gefährlichste, was es überhaupt geben kann.

Ich nehme den Typ namens Ken mit nach Hause und wir beide verschwinden sofort im Bett. Ohne langes Hin und Her, ohne Diskussionen.

Es klingelt an meiner Tür.

Oh nein, das darf jetzt nicht wahr sein.

Ich fluche, bemühe mich jedoch ruhig zu bleiben, ziehe einen Bademantel an und öffne die Tür.

Mein Nachbar mit Migrationshintergrund steht vor der Tür. „Du allein heute Abend? Du kommen mit zu uns. Wir machen alle zusammen Weihnachten", stammelt er.

Ich sage zu ihm: „Nix Bescherung, du Moslem."

Er schüttelt verwirrt den Kopf. „Ich nix Moslem, ich Kopte, Christ ist heute geboren." Er schielt an mir vorbei. „Du nix Weihnachtsbaum?"

„Nein, ich nix Weihnachtsbaum. Ich heute Ruhe brauchen. Viel Ruhe. Ich krank. Danke für Angebot, ich krank." Ich huste demonstrativ zweimal – und es ist mir egal, ob es echt wirkt oder nicht. „Aber ich jetzt muss schlafen." Ich ziehe die Tür zu. So etwas, nun soll ich mit dem noch Weihnachten feiern und bei mir liegt Ken im Bett.

Ich gehe zurück zu Ken. Da hat man mal einen hübschen netten Kerl im Bett liegen und dann wird man gestört. So ein hübsches Bürschchen und das zu Weihnachten. Selten hatte ich so etwas Geiles unterm Weihnachtsbaum liegen. Hey, ich bekomme ganz feuchte Augen. Ich habe wohl was ins Auge bekommen.

Dann plötzlich, ich war noch nicht richtig im Bett, klingelt es schon wieder.

Nicht schon wieder der Pseudo-Nachbar, echt jetzt, wenn der das ist, dann ist jetzt einmal der Teufel los, dann gibt es ein Donnerwetter, das kann ich jetzt schon sagen. Ich stehe auf, bin auf hundertachtzig, ziehe den Bademantel an und gehe mit schnellen Schritten zur Wohnungstür.

Ich reiße entrüstet die Wohnungstür auf und möchte schon losschreien, werde aber von meiner Nichte überrannt. „**Überraschung**!!!" Schwester und Schwager folgen hinterher.

Meine schwer bepackte Schwester verschwindet gleich in der Küche. „Wir haben alles dabei", ruft sie, „du brauchst dir absolut keine Gedanken zu machen. Alles ist da. Das Essen und die Geschenke … Mache dir keine Gedanken, alles dabei …"

Ich möchte gerade sagen: Das darf alles nicht wahr sein …?

Da lacht mein Schwager und drückt uns Champagnergläser in die Hand. „Wir machen jetzt einfach eine spontane Fete und keine traditionelle Weihnachtsfeier."

„Das darf doch nicht wahr sein", stammle ich.

In dem Moment kommt mein Ken splitterfasernackt aus dem Schlafzimmer und sagt:

„Merry Christmas!"

Mordfall im Strichermilieu

Hanc war Polizist in Berlin. Er war ein gutaussehender Mann und hatte eine Freundin. Hanc war nur ein Bulle, der anständig seine Arbeit machen wollte. Er hatte diesen Job nicht aus Berufung gewählt, man soll nichts übertreiben. Aber wenn man seinen Job macht, dann gewissenhaft. Er hat niemals zu beweisen versucht, ein knallharter Bursche zu sein. Kurzum, er führte ein ruhiges beschauliches Leben. Aber als er 30 war, schlug bei ihm der Blitz ein. Er war nicht auf diese Turbulenzen vorbereitet. Würde er alles noch einmal so tun? So wie damals?

Er war vierundzwanzig Jahre alt, als er Leonie kennenlernte. Im Umgang mit Mädchen war er nie besonders geschickt. Er wusste nicht, wie sie funktionieren, dennoch hatte er schon Flirts und kleine Affären gehabt. Er liebte Leonie. Eines Tages am Ende dieser Geschichte ließ sie ihn sitzen. Hanc hätte an ihrer Stelle genauso gehandelt. Auf jeden Fall bittet er nicht um Verzeihung. Hanc ist seinen Weg gegangen …

In Berlin hatte Hanc einen guten Job und es war ein ruhiges Pflaster. Hanc war eingeteilt als Kriminal-Hauptkommissar im Millionärsviertel der Stadt: Charlottenburg-Willmersdorf. Man müsste verrückt sein, hier einen Überfall oder Mord zu begehen. Denn wer käme schon auf die blöde Idee, in die mit Kameras und Muskelpaketen streng bewachten Häuser einzudringen? Hier gab es Stacheldraht, Mauern mit Glasscherben und so weiter, um Einbrecher abzuschrecken.

Also Hanc hatte hier einen leichten Job und musste sich kein Bein ausreißen. Er legte auch keinen besonderen Wert auf Schlägereien oder Schießereien oder dass er sich als Held hier darstellen müsste. Hier in Charlottenburg-Willmersdorf ereignet sich fast nie etwas absolut Spektakuläres.

Allerdings wurde in den frühen Morgenstunden eine Leiche gefunden auf einem leeren Bauplatz voll mit Bauschutt und Abfall. Hanc hatte in dieser Nacht Dienst. Als er an Ort und Stelle eintraf, hatten die Kollegen schon alles abgesperrt. Selbstsicher wie ein Vertreter der Staatsgewalt nahm er die Leiche in Augenschein. Er begrüßte drei Polizisten, schüttelte die Hände und stellte Routinefragen. Es wurden Fotos gemacht und die üblichen Vermessungen.

Hanc ging zu dem Toten, der auf dem Bauch lag und den Kopf zur Seite gedreht hatte, eine blaue Jeans, Converse-Turnschuhe und ein graues T-Shirt trug, das blutgetränkt und vom Sturz schmutzig war. Der Mann lag erst seit kurzer Zeit an dieser Stelle und wurde offenbar durch einen Schlag mit einem harten Gegenstand an die Schläfe niedergestreckt. Der Schlag war tödlich gewesen. Womit dieser Schlag ausgeführt wurde, konnte man nicht feststellen. Der Tote wurde dann ins Leichenschauhaus gebracht, um ihn zu sezieren.

Der Tote hieß Lars Lohmann und war ein Stricher. Aber wo wollte er hier im Millionärsviertel auf den Strich gehen? Aber ok, wenn man in Berlin einen schönen Hintern hatte oder eine gute Visage, dann konnte man auch so sein Geld verdienen. Hanc fuhr mit dem Wohnungsschlüssel in das Ein-Zimmer-Apartment von Lars Lohmann und fand dort 250 Euro und etwas Münzgeld in einem Karton, sonst nichts Besonderes. Vielleicht hatte Lars auch sein Geld ein bisschen mit Zwischenhandel von Stoff aufgebessert. In seinen Akten fand man nichts Großartiges von Lars, er war ein Tunichtgut und hatte ein paar kleinere Ladendiebstähle begangen, kein Dreckskerl oder Gangster. Er war einfach rasch und ohne feste Hand aufgewachsen, und das noch in einer Stadt wie Berlin. Er hatte versucht seinen Weg zu finden. Die Dienststelle kannte ihn, er war ab und zu schon dagewesen. Da Hancs Vorgesetzter ihm den Fall zugewiesen hatte, zumal er in jener Nacht gerade Dienst hatte, sah er keine Möglichkeit, um diesen Fall herumzukommen, er musste das bearbeiten.

Es wurden ergebnislos Zeugen befragt, ob sie etwas gesehen hätten, und auch die Auswertung der Kameras ergab nichts Neues. Es war zum Verrücktwerden, Hanc stand mit leeren Händen da, er fand noch nicht einmal den kleinsten Hinweis auf irgendetwas. Er musste geduldig sein und einfach weiter abwarten?

Noch einmal suchte er das Apartmenthaus mit der Nr. 54 auf, es war eine Art Studentenwohnheim, das ausschließlich aus Ein-Zimmer-Wohnungen bestand. In der Wohnung stank es nach kaltem Tabak und nach schmutzigem Geschirr, deshalb öffnete Hanc das Fenster. Hanc fand auf dem zerknitterten Bettlaken ein Heftchen, das er sich einsteckte. Er suchte weiter, fand aber nichts, das ihn weiterbringen würde, also verließ er wieder das Apartment.

Die beiden, der Stricher und sein Mörder, hatten sich laut Autopsie geprügelt, und dann lag der Stricher der Länge nach auf dem Baugrundstück. Hanc schickte seinen Mitarbeiter Mike noch einmal los, um die ganzen Filme der Überwachungskameras anzuschauen und auszuwerten. Vielleicht fand man hier einen Hinweis. Hanc selbst nahm das Heftchen und schaute, ob er darin einen Hinweis oder eine Spur finden konnte.

Es fanden sich Zeichnungen, Sterne und Zahlen, die einem Code glichen, sonst nichts Weiteres. Schließlich stieß er doch noch auf einen Namen: Yves Balmore.

Hanc ging diesem Namen nach und fand heraus, dass er ein Model für Jeans-Hosen war. Er hatte auch zwei Filmrollen gehabt bei kleinen Filmen, nichts Großartiges. Ein junger Schauspieler aus reichem Elternhaus. Aber er wohnte dort in dieser Gegend, da hatte er eine tolle Wohnung in einer repräsentativen Villa. ... *Ab nun begann der Ärger ...*

Er wohnte nicht sehr weit weg vom Ort des Geschehens. Hanc beauftragte Mike, ein Dossier von Yves Balmore zusammenzustellen. Mike tat wie ihm aufgetragen. Yves war 25 Jahre alt und war einmal auf der Titelseite der Bravo und mehrere Male in verschiedenen Modezeitschriften abgebildet. Als junges Kind war er ein Kinderstar. Ein Werbespot für Jeans und schon war er als eine Ikone erschaffen, ein neuer Stern am Firmament glitzerte. Eine Eskapade in einer Bar … aber sonst gab es nicht sehr viel Schriftliches in seinen Akten. Hanc machte einen Termin aus, um ihn aufzusuchen.

Hanc klingelte an dem schmiedeeisernen Tor, wo zwei Kameras auf ihn gerichtet waren. Als er den Summton hörte, öffnete er das Tor und marschierte eine Allee von Buchsbäumen entlang zur großen Villa mit eleganter Haustür. Diese wurde geöffnet und es kam ihm eine ältere Dame, die Haushälterin entgegen. Sie begleitete Hanc zu der besagten Wohnung im ersten Obergeschoss.

Hanc betrat die exklusive elegante Wohnung von Yves Balmore und stand mitten im Salon oder Wohnzimmer. Die eine Wand war ein riesiger Fernsehbildschirm. Im Garten befand sich der Pool und der Garten wurde bestimmt von einem Gärtner gepflegt, so wie der aussah.

Nach ein paar Sekunden betrat Yves Balmore den Raum. Er hatte weniger Ausstrahlung als auf den Fotos, trotzdem musste Hanc zugeben, war er von diesem Burschen fasziniert. Er hatte eine tolle Ausstrahlung, selbstsicheres Auftreten, blendende Erscheinung, war braun gebrannt. Hanc hatte nichts gegen Jungstars, aber wenn jemand dick aufträgt, das konnte er absolut nicht leiden. Hanc spürte dumpfe Gereiztheit, er konnte es nicht richtig ausdrücken und verstehen, wie er dies empfinden sollte. Einerseits war er fasziniert, andererseits ließ ihn das alles kalt. Er war beruflich hier und als Polizist musste er nun Fragen stellen.

Er schaute ihm direkt in das Gesicht und fragte: „Kennen Sie einen Lars Lohmann?"

„Nein, Herr Leutnant, ich habe seinen Namen noch nie gehört."

„Kriminal-Hauptkommissar, nicht Leutnant", korrigierte Hanc ihn gleichmütig. „Ihr Name und Ihre Telefonnummer stehen im Notizheft von Herrn Lohmann."

„Viele Leute, ob Journalisten oder Fans, haben meine Nummer. Auch Stalker, die irgendeinem Idol nachrennen."

Das klang absolut einleuchtend. „Noch eine Frage: Nehmen Sie Drogen?"

„Sperren Sie mich dann ein, wenn ich Ja sage?"

„Nein, deshalb sperre ich Sie nicht ein." Seine anfängliche Faszination von Yves Balmore hatte inzwischen nachgelassen, stellte Hanc nebenbei fest. „Dies ist nur ein Routinebesuch", ergänzte Hanc, als er wieder ging, und gab Yves seine Visitenkarte mit der Bitte, sich zu melden, falls ihm etwas einfällt, und es gab einen Händedruck, aber nichts Weltbewegendes war geschehen.

Yves Balmore hatte sofort begriffen, er hatte einen Vorsprung gegenüber Hanc. Sein bisheriges Leben hatte ihn vorbereitet auf solche Situationen, um dies alles gut überspielen zu können. Es ist für niemanden einfach, auf die Fragen eines Polizisten zu antworten, besonders dann, wenn er eine Leiche im Gepäck hat. Hanc wusste nicht, ob sie in diesem Moment Katz und Maus spielten. All das wusste Hanc in diesem Moment absolut nicht. Hanc hatte ein Leben, das in einem geradlinigen Rhythmus verlaufen war. Ohne Hast und mit aller Ruhe machte er an diesem Fall weiter.

Als Hanc wieder im Polizeirevier ankam, sagte Mike: „Du, der Yves Balmore hat angerufen, er hätte dir noch etwas zu sagen, ihm ist noch etwas eingefallen. Und ob du ihn zurückrufen kannst?"

Hanc nickte. „Später. Hast du etwas Neues herausgefunden?"

Mike hatte alle Videos in den benachbarten Villen ausgewertet, es gab nichts Weltbewegendes zu sehen. Hanc befragte daraufhin andere Stricher. Es hieß, Lars sei ein anbetungswürdiger, vom Himmel gefallener Engel gewesen, immer zu Diensten, wenn man ihn rief. Viele kannten ihn natürlich nicht. Alle wurden befragt: die schrillen Tunten, aufgedonnerten Transvestiten, die Latinos und die großen Farbigen in zerrissenen Jeans oder Lederhosen und Muskelshirts, ärmellosen Trikots, bunten

Blumenkleidern, in engen Shorts. Am Ende mussten sie sich eingestehen, dass ihre Untersuchungen nichts ergeben hatten. Absolut nichts, sie standen genauso da wie am Anfang.

Hanc rief Yves an und machte einen neuen Termin mit ihm aus.

Kaum angekommen, sagte Yves: „Ich wollte Sie einfach wieder sehen. Ich hatte Ihnen auch nicht die ganze Wahrheit gesagt." In diesem Moment hatte er einen Ausdruck wie ein pubertierender Junge, der gerade von seiner Mutter beim Masturbieren erwischt wurde.

Hanc beobachtete ihn und empfand in diesem Moment eine verwerfliche Schwäche für den kleinen Lügner. Der fragte Hanc, ob er ein Bier trinken mochte oder etwas anderes. Das war der Moment, in dem Hanc noch hätte umkehren können, bevor alles zu spät war. Aber er sagte: „Ja gerne, ein Bier wäre ok", und Yves holte zwei gekühlte Flaschen Bier, eins für Hanc und eins für sich selbst. Man konnte direkt aus der Flasche trinken, man war schließlich unter Männern.

Yves hatte Angst und diese kindliche Angst machte ihn noch rührender. Hanc hätte sich heimlich am Wanken des Idols weiden können, aber er war weit von solchen Fantasien entfernt. Yves' Hemd gab den Blick frei auf eine unbehaarte Brust. Hanc wollte diesem Typen gefallen. Er hätte ihn verachten können oder ignorieren, aber nein, er versuchte tatsächlich eine Verbindung aufzubauen.

Dann erzählte Yves: „Ich hatte Lars vor vier Jahren kennengelernt bei Freunden auf einer Poolparty. Er war um die achtzehn Jahre alt. Er wollte mir Gras beschaffen. Ja ok, und das wars eigentlich schon. Ab und zu habe ich von ihm Gras gekauft – das war alles." Er hatte seinen Monolog in einem Zug ohne Unterbrechung heruntergesagt.

Hatte Hanc einen Grund, an der Wahrheit zu zweifeln?

„Ich hatte Sie absichtlich belogen", sagte Yves, „ich wollte Sie einfach wiedersehen."

Und diese arrogante Offenheit war Hanc toll und bezaubernd vorgekommen. Yves hatte Hanc absichtlich belogen. Hanc fragte: „Darf ich erfahren, weshalb?"

Es lag absolut Berechnung in seinem scheibchenweisen Geständnis. Yves hatte das Ziel, den Verdacht von sich zu lenken, wenn er bereit war zu reden. Er wollte wohlwollend den Polizisten für sich gewinnen.

Zugleich dachte Hanc: „Ein Typ, der etwas zu verbergen hätte, wünscht kein erneutes Treffen mit der Polizei, er ist still und wartet ab. Er meldet sich nur, wenn er unschuldig ist oder blöde. Er ist nicht das eine und nicht das andere.",

Yves stand auf Uniformen und Hanc gefiel ihm außerordentlich gut und wollte ihn wiedersehen. Er hatte die Dreistigkeit, in die Höhle des Löwen zu gehen. Hanc war der Löwe, aber konnte Yves erahnen, dass er sich weigern würde, ihn zu verschlingen?

In Wirklichkeit war Hanc nicht der Löwe und Yves hatte nichts von einem Lamm.

Hanc fragte noch einmal nach: „Lars hatte nicht vorgeschlagen, mit Ihnen zu schlafen?"

„Nein."

Hanc sagte: „Gut, wenn Sie mir sonst nichts zu sagen haben, dann brechen wir hier ab", dachte aber: „Er hat wunderschöne Augen, die einen zu durchleuchten scheinen."

Als Hanc die Hand gab zur Verabschiedung, sagte Yves: „Ich würde Sie sehr gerne wiedersehen."

Die Hand von Yves lag in Hancs und in diesem Moment unterschrieb Hanc sein Todesurteil. Hanc dachte: „Ich bin diesem Wunsch nicht verschlossen." Yves hatte die Jetons in die Mitte vom Roulette-Tisch geschmissen und versucht herauszufinden, ob er die Partie gewonnen oder verloren hatte.

Es gibt im Leben nur winzige Augenblicke, in denen der Mensch zum Ungeheuer wird. Es gibt keine Alternative, kein Dazwischen.

Hanc erwiderte: „Sie müssen verdammt einsam sein, um Lust und Interesse für ein neues Treffen mit mir zu haben."

„Sie haben keine Vorstellung von meiner Einsamkeit …"

Hanc blickte auf. „Ok, ich werde dich anrufen und wir werden uns bald wiedersehen."

Zuhause überlegte Hanc: „Was sollte ein Polizist mit einem Filmstar anfangen und dann noch wenn sich unsere Wege über eine Leiche kreuzten? Wie kam ich auf diese Schnapsidee?" Heute im Nachhinein musste er sagen, er war verrückt. Hatte er nicht gelernt, seine Triebe zu beherrschen? Das Drama spielte sich in aller Stille ab in seinen Gedanken.

Yves rief am nächsten Tag bei Hanc an und sagte: „In einer Stunde hole ich dich ab. Lass dir eine Ausrede einfallen."

„Ok", sagte Hanc, „wo fahren wir hin?"

„Nach Potsdam."

Die Würfel waren gefallen. Hanc rief bei seiner Freundin an und sagte, er müsse für drei Tage weg auf ein Seminar. Bei Mike sagte er, er brauche eine Auszeit und baue drei Tage Überstunden ab. Hanc dachte in dieser Stunde darüber nach herauszufinden, weshalb ein guter Polizist ein Verhältnis mit einem jungen Filmsternchen anfing, der vielleicht noch in einen Mord verwickelt war. Dümmer und blöder konnte man nicht sein im Leben. Was bahnte sich hier an? Und trotzdem war er begierig darauf, diese Erfahrung zu machen. Er wollte den Tanz auf dem Feuer, machte keinen Rückzieher. Hanc hatte nichts dabei, keine Klamotten, keine Zahnbürste, aber egal, das konnte man unterwegs kaufen.

Hanc stellte sich ans Fenster im Büro und wartete, bis Yves vorfuhr im offenen Spider Alfa Romeo. Er stieg ein, und sie sprachen nicht sehr viel. Sie rauchten eine Marlboro nach der anderen. Sie hatten die Sonnenbrille auf und freuten sich auf drei unbeschwerte Tage.

Als sie in einem abgelegenen Hotel ankamen, ging Ives zuerst zur Tür hinein, bald darauf folgte Hanc, dann fielen sie übereinander her wie die Tiere. Sie pressten ihre Münder und ihre Köper aneinander, als wollten sie verschmelzen und zu einem Körper werden. Küsse wie Tränen. Sie wurden von einer Raserei der Erregung ergriffen. Es gab Köperstellen, da wusste Hanc noch nicht einmal, dass er sie hatte und dass man mit der Zunge überall hinkam. Sie wussten nicht mehr, wie oft sie miteinander Sex hatten. Sie kamen drei Tage nicht aus dem Hotelzimmer heraus. Noch nicht einmal zum Essen, das ließen sie ins Zimmer bringen.

Hanc sagte: „Ich habe noch nie im Leben mit einem Mann geschlafen. Ich wusste nicht, dass das so schön sein kann."

Sie waren zweifellos dabei, sich zu verlieben, und blieben bis zum Sonntagabend. Dann verließen sie das Zimmer und fuhren zurück.

Sie trafen sich noch mehrere Male cirka acht Wochen lang in verschiedenen Motels. Da Yves bekannt war und ab und zu Reporter hinter ihm her waren, konnten sie sich nicht in der einen oder anderen Wohnung treffen.

Sie lagen in der Badewanne eines Motels, ineinander verkeilt. Dann gestand Yves, dass er Lars getötet hatte. Er erzählte: „Er ging bei mir ein und aus, er schenkte sich Whisky ein, er badete im Pool und nahm ungefragt das Motorrad. Irgendwann sagte ich mir: Das geht so nicht weiter, solche Schmarotzer, die sich für Könige halten, und wenn man sie dann fortjagt … Der Bursche glaubte, er sei ein Mitglied meiner Familie. Dann kränkte es Lars, als er merkte, dass er ins Abseits gestellt wurde. Wir wollten uns treffen und von Mann zu Mann reden. Aber dann ist das Ganze eskaliert. Ich nahm eine Bronzefigur und schlug zu. Danach setzte ich seinen leblosen Körper in den Wagen und fuhr zu einem Platz, wo ich nur die Autotür aufzumachen und ihn rauszuschmeißen brauchte."

Der Entschluss stand bei Hanc fest: Er wollte Yves retten, aber wie? Er wollte ihn beschützen und alles fernhalten, was ihn verraten konnte. Blitzartig hatte er die Wahl getroffen gegen alle Prinzipien. Der Polizist, der mit einem Mörder schlief. Sie gingen aus der Badewanne und Hanc trocknete ihn ab, aber nur stellenweise am Körper, weil es ein billiges, raues Handtuch war. Hanc war total durch den Wind, was sollte er nun tun? Er war hilflos und ratlos zugleich. Wie konnte er Yves retten? Er wurde automatisch zu seinem Komplizen, war in das andere Lager gewechselt. Und es war nicht das gute Lager. Hanc sagte: „Beten wir, dass das Glück auf unserer Seite steht."

Sie fuhren zurück und jeder ging seiner Arbeit nach. Nach drei Wochen geschah etwas Unvorhersehbares.

Das Millionärsehepaar Schöngruber kehrte am 7. September von ihrem Ferienhaus in Andalusien aus dem Urlaub zurück. Sie fanden das Dokument der Polizei in ihrer Post, dass die Aufzeichnungen der zahlreichen Überwachungskameras abgeliefert werden mussten. Als gute deutscher Bürger widersprach man nicht. Mike nahm das alles in Empfang und wertete es aus.

Er ließ Hanc zu sich kommen und erläuterte: „Auf den Bändern sieht man deutlich, dass ein Mann mit dem Wagen vorfährt und eine Leiche aus dem Auto aus der Wagentür hinausschiebt. Den Mann kann man nicht erkennen, aber das Nummernschild. Es ist klar und deutlich zu erkennen. Es ist der Wagen von Yves Balmore. – Bingo."

Es war eine kurze und bündige Erklärung, seine Knappheit in diesen Minuten war beispielhaft. Das musste man Mike lassen.

Mike konnte sich vorstellen, dass Hanc eine Beziehung zu Yves aufgebaut hatte. Er sagte nichts, aber ihm war Hancs verändertes Verhalten aufgefallen und hatte sich den Rest zusammengereimt.

Hanc fasste einen Entschluss und sagte zu Mike: „Bitte, gibe mir *ein Stunde Zeit, nur eine Stunde*." Zurück in seinem Büro griff er zum Telefonhörer, rief Yves an und erzählte, was geschehen war. „Wir treffen uns in dem Motel in einer Stunde."

Hanc nahm alle Kraft zusammen, um nicht zusammenzubrechen. Er hatte einen glasigen Blick. Was konnte er nun noch tun?

Sie trafen sich im Hotel. Hanc hatte vorgeschlagen, abzuhauen irgendwohin ins Ausland. Es war noch Zeit zur Flucht. Wenn er Yves aufgegeben hätte, hätte er alles verloren, was er liebte. Aber diese Liebe war nichts mehr wert. Wenn er ins Gefängnis kam, hätte er 15 Jahre vor sich.

Als sie sich trafen, legte Hanc seine Hand in Yves' wie ein Liebespaar. In Hancs Augen lag so viel Elend und so viel Liebe, es war unerträglich. „Es sollte mit uns beiden für immer dauern", dachte Hanc, „aber es war nicht möglich, wie wird es weitergehen?" Yves hatte eine Dummheit begangen und für diese Dummheit musste er nun bezahlen. Aber ohne diese Dummheit hätten sie sich niemals im Leben getroffen. Sie waren wie zwei Schiffbrüchige, die sich an ein Stück Holz klammerten.

Sie hielten sich einen Tag und eine Nacht in diesem Motel versteckt. Sie liebten sich, waren unsterblich ineinander verliebt. Yves ging ins Bad und ließ das Badewasser ein, Hanc schlummerte ein bisschen und war für eine Stunde weggetreten.

Dann brach die Polizei das Motel-Zimmer auf. Hanc war sofort hellwach. Sie öffneten die Badezimmertür und Yves lag tot im Wasser, alles rot vom Blut. Er hatte sich mit einer Rasierklinge die Pulsadern aufgeschnitten.

Leonie löste die Verbindung zu Hanc sofort auf und bat darum, dass er nie wieder in ihrem Leben unter ihre Augen kommt. Hancs Vorgesetzter suspendierte ihn umgehend vom Dienst, Hanc musste seine Pistole, die Abzeichen und die Ausrüstung abgeben. Er hatte die Wahl zwischen einer fristlosen Kündigung und dem Austragen des Ganzen vor Gericht. Offensichtlich wollte man nicht, dass der Fall in der Öffentlichkeit und in der Presse aufgerollt wurde. Hanc entschied sich für die fristlose Kündigung.

Er lebt nun ein einer Einzimmerwohnung in Berlin. Ab und zu arbeitet er bei der Wach- und Schließgesellschaft. Seine große Liebe ist tot. Für ihn ist nichts mehr, wie es vorher war. Und trotzdem würde er alles wieder so machen. Denn er hatte einen Menschen kennengelernt, der die absolut große Liebe seines Lebens war.

An manchen Tagen fehlte Hanc Yves so sehr, dass er zur Toilette rannte, den Kopf in die Klobrille steckte und sich erbrach. Oder er konnte die Tränen nicht mehr zurückhalten. Ein Bild der Vernichtung, der Zerstörung hatte er im Kopf. Er befand sich in einer jämmerlichen Lage. Am liebsten hätte er alles zusammengeschlagen. Er konnte nichts essen und war neben sich. Er zittert wie Espenlaub und der Körper schüttelte sich, dann wusste er, er war noch am Leben. Er schaute sich im Spiegel an und sah jammervoll aus. Wie in aller Welt konnte Yves dieses Gesicht lieben und mit Küssen übersäen? Aber er hatte unglaubliches Heimweh nach Yves. An den Tagen, an denen es ihm furchtbar schlecht ging, holte er die Fotos von Yves heraus und betrachtete sie lange. Das Pochen seiner Halsschlagader, das Hüpfen eines Adamsapfels, das Berühren seiner Haut, das süße Lächeln von Yves, es fehlte die Tiefe, die Sinnlichkeit. Alles fehlte.

Hässlichkeit findet sich überall. Und besonders unter der Maske der Schönheit.

Die Katze lässt das Mausen nicht

Kommunales-Kino, Spätvorstellung, es läuft der Film: Tom of Finland. Den muss ich gesehen haben. Der ist bestimmt toll. Ich gehe rein, bezahle 12 Euro Eintrittsgeld. Nicht viele Menschen sitzen im Kinosaal, es sind so etwa fünf Typen. In der vorletzten Reihe sitzt ein junger Mann. Sehr hübsch, absolut ein geiler Typ, dunkelhaarig mit Dreitagebart. Absolut mein Beuteschema. Sexy, sexy, sexy.

Ich setze mich auch in die vorletzte Reihe. Vor dem Film schreibe ich noch eine Nachricht an unseren Schwulen-Stammtisch. Da leuchtet die Nachricht auf, dass der Akku fast leer ist. Daran ändern kann ich ohnehin jetzt nichts, daher vergesse ich es schnell wieder, denn der Film geht los. Zuerst Vorfilm, dann der Hauptfilm.

Der Film ist absolut nicht so interessant, wie ich es mir vorgestellt habe. Der Film handelt vom Leben und Wirken von Touko Laaksonen, er wurde 1920 geboren. Der Sohn eines Lehrerehepaares musste viel Zeit im Haus verbringen und musste Klavier spielen und Bücher lesen. Andere Jungs in seinem Alter haben die freie Natur genossen. Er nicht. Schon sehr früh merkt er, dass er sich zu Männern hingezogen fühlt. Aber sein Verlangen muss er geheim halten, da zur damaligen Zeit in Finnland Homosexualität als Verbrechen galt und mit Gefängnis bestraft wurde. Im Alter von neun Jahren beginnt er Comics zu zeichnen sowie Männer in Uniform, Lederkleidung, Bauarbeiter und Motorradfahrer, Polizisten, Matrosen und gutgebaute Handwerker. Später wurde er weltberühmt mit seinen Zeichnungen. Sie waren alles andere als freizügig, aber da es ihn sexuell erregte, hielt er sie in seiner Jugendzeit zunächst gut versteckt unter Verschluss.

Der Typ zwei Plätze neben mir fährt sich immer wieder über seine Beule. Er baggert mich total an. Er fingert an sich rum. Es fehlt nur noch, dass er zu stöhnen beginnt. Nach fast einer Stunde steht er auf und geht zur Toilette. Ich zögere keine Minute und folge ihm. Nach dem Motto: Wem du's heute kannst besorgen, warte nicht auf morgen.

Ich war den ganzen Tag schon rallig. Wie ein rotes Moped könnte ich jetzt abgehen. Das ist mein Moment. Wir Schwule sind da nicht so zimperlich. Unsere männliche Sexualität ist unpersönlich und wir können auch mal mit wildfremden Männern Sex haben. Ich muss nun diese Gelegenheit beim Schopf packen im wahrsten Sinne des Wortes und so ist es auch.

Er ist in einer Kabine und ich packe ihn an seinem schwarzen Schopf und zerre ihn auf die Knie, im gleichen Atemzug öffne ich meinen Hosenladen. Ich werde es diesem Kerl nun mal so richtig besorgen, damit er in drei Tagen auch noch etwas davon hat und an mich denkt. Er wird auf seine Kosten kommen und diesen Quickie wird er so schnell nicht mehr vergessen. Denn wenn ich mal loslege, bin ich kein Kind von Traurigkeit, außerdem war ich schon wie gesagt den ganzen Tag sehr rallig. Viel mit Zärtlichkeit und mit Gefühl läuft hier nicht. Das ist der pure Drang nach Erleichterung und da ich 1,85 Meter groß und gut gebaut bin, kommt absolut der Stier in mir durch …

Ganz ausführlich darf ich das hier nicht beschreiben, das ist ja kein Porno, aber wir haben uns absolut erleichtert und eine schöne Nummer geschoben. Zuerst bin ich gekommen und kurz darauf er. Später dann, als alles vorbei war, nehmen wir etwas von dem Toilettenpapier und machen uns sauber. Dann am Waschbecken Hände waschen, wir tauschen ein paar Floskeln aus, aber nicht die Handynummern.

Er sagt noch: „War eine geile Nummer." Ich antworte: „Ja, war ok, und ciao." Dann nichts wie raus und weg hier.

Als wir aus der Toilette kommen, ist alles dunkel. Nur noch eine Notbeleuchtung ist eingeschaltet. Wir waren viel zu lange auf der Toilette. Der Film ist aus, das Kino ist leer, die Leute sind weg – Feierabend. Wir rütteln an der Tür, alles abgeschlossen; und nun?

Ich zücke mein Handy und möchte einen Freund anrufen oder die Polizei, in dem Moment geht der Akku aus. Und er hat sein Handy im Auto. Verdammt und zugenäht, darf das wahr sein? Es ist inzwischen 0.30 Uhr, keine Sau ist mehr im Kino, alles dunkel und Kuh-Nacht. So ein Mist aber auch. Die haben uns absolut eingesperrt. Wir sitzen in dem Kasten hier fest und keine Menschenseele mehr da. Das darf doch jetzt nicht wahr sein, dass die das Kino dichtmachen und schauen noch nicht einmal in den Toiletten nach?

Ich frage ihn: „Hast du zufälligerweise ein Ladekabel dabei?"

Er lacht. „Machst du Witze? Und wenn ich eines dabei hätte, dann wär' es nicht kompatibel mit deinem Handy. Da hätte ich eher ein Überbrückungskabel dabei, da ich mit dem Auto und der Batterie immer Schwierigkeiten habe. Mein Handy wäre voll aufgeladen." Er zuckt mit den Schultern. „Liegt aber im Auto."

Dafür könnte ich ihm eine reinhauen. Es gibt eine Tür mit der Aufschrift Notausgang, die ist aber abgeschlossen. Na super. Fenster gibt es im Kino natürlich auch keine, durch die man raussteigen könnte. Wir versuchen es über die Toiletten, die sind aber im dritten Stock und von hier aus können wir nicht springen und einen Fallschirm haben wir gerade auch nicht zur Hand. Wenn wir von hier oben springen würden, könnte man da unten unsere Knochen einzeln zusammenlesen.

Mein mitgefangener Genosse fängt jetzt an zu toben: „Du hättest mich nicht 40 Minuten lang bumsen müssen. Dann wären wir schon längst zu Hause in unserem Bett!"

„Jetzt halt mal schön deine Klappe", entgegne ich, „du hast doch die ganze Zeit mich angebaggert und hast an dir rumgeschraubt, bis wir aufs Klo sind, und dann hast du hingehalten wie ein läufiger Rüde und hast immer wieder gerufen: fester, fester, fester ... knall mich fester!!"

Also entweder haue ich ihm jetzt eine in die Fresse oder ich lege ihn über einen Kinositz und knalle ihn nochmals durch. Denn jetzt fange ich so langsam an aggressiv zu werden.

Zerknirscht sagt er: „Eigentlich wollte ich nur auf's Klo und dann bist plötzlich du zu mir reingekommen."

„Du hättest ja die Kabine abschließen können."

„Sorry", sagt er, „ich bin mit den Nerven total am Ende und kann nicht mehr. War alles etwas viel für mich." Nach einer kurzen Pause fügt er hinzu: „Ich heiße übrigens Ruben."

„Ok, Ruben, ich heiße Simon. Was machen wir jetzt? Wird uns jemand vermissen?"

Ruben schüttelt den Kopf. „Eigentlich nicht."

„Bei mir auch nicht ... Also Vorschlag von mir: Wir suchen die Theke und holen uns eine Flache Sekt oder etwas Chips und Popcorn. Oder magst du Eis? Dann machen wir es uns gemütlich auf den Sesseln und versuchen zu pennen. Morgen früh wird irgendwann die Putzfrau kommen und uns hier rauslassen.

So oder so ungefähr machen wir es auch: Wir holen uns Sekt, Bier und Wein, wir hatten jede Menge

Knabberzeug und machen es uns gemütlich. Danach haben wir eine gepflegte Nummer mit allem drum und dran, angefangen vom Küssen bis zum absoluten Happy End – ich hatte genügend Kondome dabei. Gut, dass ich da immer ausgerüstet bin – für den Notfall. Danach haben wir es uns etwas bequem gemacht.

Ruben nicht so sehr, der konnte nicht mehr richtig sitzen. Der war etwas aufgescheuert, da wir kein Gleitgel hatten.

Morgens um 8 Uhr kam auch schon die Putzfrau und hat uns dann rausgelassen. War eine kurze Nacht, die wir aber irgendwie überstanden haben.

Der arme Ruben, da muss er durch. Ich glaube, diese Nacht wird er so schnell nicht mehr vergessen …

Er hat aber gefragt, ob er meine Nummer haben kann.

Wenn er wieder fit ist, wird er sich schon melden und wird bestimmt eine Wiederholung vorschlagen.

Der Einbruch

Ich bin Kellner in einem Studentenlokal in Freiburg. Neben meinem Studium wollte ich mir ein paar Euro dazuverdienen. Der Job machte mir unheimlich Spaß, weil er auch abwechslungsreich ist und man immer wieder neue Leute kennenlernt. Absolut kurzweilig und unterhaltsam. Als Kellner ist man gewohnt aufzuschauen, wenn die Tür aufgeht und neue Leute reinkommen. Schon aus Neugierde macht man das. Wenn die Tür aufschwingt und man sieht, wie groß ist die Essensgesellschaft, kommen sie in meine Ecke, wie viel Trinkgeld werden sie wohl geben?

Eines Abends ging die Tür auf, und es kamen drei junge gutaussehende Männer herein. Einer von ihnen war dunkelhäutig und hatte eine Glatze. Ja, er war ein umwerfender Schwarzer mit seinem glattrasierten Schädel. Er hatte meine Aufmerksamkeit bemerkt und lächelte mich an.

Ich wusste nicht, wie diese drei Männer miteinander verbunden waren. Das interessierte mich auch nicht. Der eine jedenfalls sah fantastisch aus. Ich konnte mir in diesem Moment noch nicht einmal sicher sein, dass er schwul oder zumindest bisexuell war. Aber ich merkte vom ersten Augenblick an, dass er auch an mir interessiert war. Er schaute mich einige Sekunden zu lang an …

Es gab diesen Funken an Interesse, der mich plötzlich mit Energie und mit Erregung erfüllte. Meine Stimmung und meine Laune wurden von Sekunde zu Sekunde besser. Ich schwebte auf Wolke sieben. Ich war plötzlich putzmunter.

Aber ich wollte nicht, dass jemand von meinen Kollegen es mitbekam, wenn ich einen Gast abschleppte. Eigentlich ist es völlig unangebracht, wenn Gäste den Kellner anbaggern oder der Kellner die Gäste. Aber in dem Fall war es natürlich wieder etwas ganz anderes. Als Kellner versucht man so freundlich wie möglich zu sein und man flirtet mit den Gästen, das kommt einem auch durch das Trinkgeld wieder zugute. Jedoch darf man Berufsleben und Privatleben nicht miteinander vermischen. Wenn so etwas schiefgeht, kann dich dein Ex immer wieder aufspüren und kann dir das Leben zur Hölle machen oder eine Szene machen.

Aber so weit dachte ich in diesem tollen Moment natürlich nicht. Dieser gayle hübsche Kerl war zu gut und zu hübsch, als ihn durch die Lappen gehen zu lassen oder von der Angel. Während sie aßen, beobachtete er mich, und ich starrte nur allzu gerne zurück. Ich lächelte, ich flirtete so, wie ich es stundenlang vor dem Spiegel geübt hatte. Wer von uns beiden Hübschen würde wohl den ersten Schritt machen, den anderen anzusprechen?

Er besaß eine unheimliche Art von Eleganz, auch wenn er aß oder sich unterhielt. Es fiel mir immer und immer wieder ins Auge, wie er da saß, seine

Haltung, wie er seinen Köper bewegte. Er hatte ein weites T-Shirt an, aber ich erkannte, dass er ein Muskelpaket war. Wie würde der Kerl nackt aussehen? Wie bewegt er sich, wenn er andere Dinge machte? Nackt diese Dinge machte? Er hatte einen schön geformten Körper. Absolut überentwickelt. Alles fest und straff. Man konnte schon an der Art, wie er sich bewegte, erkennen, dass er Muskeln besaß, wo ich gar nicht wusste, ob ich selbst diese Muskeln überhaupt hatte. Viele von uns träumen von so einem Körperbau. Wie er sie wohl einsetzte und diese Muskeln in Form zu halten vermochte?

In meiner Hose bewegte sich etwas. Gott sei Dank überdeckte meine Kellnerschürze dies. Ich musste an etwas anderes denken, Blumenwiese, Blumenwiese, Blumenwiese. In Gedanken habe ich von ihm fantasiert. Während ich mit dem Gedanken spielte, auf die Toilette zu gehen, bemerkte ich zunehmend den Druck auf meiner Blase. „Übernimm bitte mal kurz", bat ich Bettina und steuerte auf die Toilette zu.

Bettina rief mir zu: „Vergiss aber nicht die Hände zu waschen." Ich dachte nur: Blöde Kuh.

Als ich beim Händewaschen war, ging die Tür auf und ER kam herein. „Hey", sagte er und ich sagte natürlich auch: „Hey." Einen Moment lang verharrten wir und schauten uns an.

Es war absurd, das Eis auf der Toilette zu brechen. Aber weshalb nicht?

„Ich weiß", sagte er, „das klingt wie eine blöde Anmache, aber du hast wunderschöne Augen."

Ich grinste und fühlte mich wunderbar. Er wollte mich genauso, wie ich ihn wollte. Ich war so was von erleichtert, dass er den ersten Schritt gemacht hatte. Das glaubt mir kein Mensch.

Er lächelte zurück und fragte: „Wann hast du Feierabend? Lust auf ein Treffen?"

Ich nahm einen Zettel, darauf schrieb ich meine Adresse. Frank Müller, Humboldtstraße 17, Freiburg. Er soll dahinkommen heute Nacht um eins.

Er roch nach Zimt und Cappuccino. Sein Name war Lou. Ich lachte und ließ ihn vorbei, während ich die Toilette verließ.

Den ganzen Abend hatte ich die Gedanken woanders, die Abrechnung musste ich zwölfmal machen, weil ich mit dem Kopf nicht bei der Sache war.

Um ein Uhr nachts kam ich zu Hause an in der Humboldstraße. Er wartete vor der Haustür auf mich. Wir gaben uns einen Kuss. Er war Musical-Darsteller in der Musical Art Academy School of Arts, erzählte er mir. Da wird man ausgebildet zum Musical-Tänzer, daher die vielen Muskeln.

Wir gingen zur Haustür rein, die offen stand, aber das war immer so. Dann runter in den Keller, da hatte ich eine Studenten-Ein-Zimmer-Wohnung. Die Tür war angelernt, aber ich bemerkte es nicht wirklich gleich und wir gingen rein. Ich stieß die Tür vollständig auf, schaltete das Licht an und hatte den Schock meines Lebens, als ich erkannte, wie das

Zimmer aussah. Ich war ausgeraubt worden. Mein Fernseher, die Stereoanlage, der Laptop, meine Uhr, eine Breitling, und meine tolle Lederjacke, die ich von meinen Eltern geschenkt bekommen hatte, waren weg. Und das war nur das, was ich auf den ersten Blick feststellen konnte.

Was suchten Leute in einer Studenten-Wohnung? Völlig aus der Luft herausgegriffen? Was für ein Schwachsinn? Es war so einfach und leicht, hier einzubrechen. Die Haustür stand Tag und Nacht wagenweit offen und hier in der Wohnungstür kam man mit einem einfachen Dietrich herein ohne großartige Anstrengung. Ich konnte absolut nicht ahnen, dass jemand meine Wohnung für lohnenswert für einen Einbruch hielt.

„Scheiße", sagte ich ständig, vermutlich minutenlang. Meine eignen Müllsäcke hatten die genommen, um die Sachen hinauszutragen, da denkt jeder, es wird der Müll rausgetragen oder was weiß ich? Kein Mensch konnte erkennen, um was es sich hier handelte.

Ich stapfte im Zimmer umher, wütend über mich selbst und über diesen Einbruch. Ich katalogisierte im Kopf, was die alles mitgehen ließen.

Lou fragte, was er machen sollte, ob er lieber gehen sollte. „Ich kann es total verstehen, wenn du möchtest, dass ich nun gehe. Das tötet total die Stimmung, wenn man nach Hause kommt und so ein Durcheinander vorfindet."

Kurz überlegte ich und nickte dann. „Ja, sei mir nicht böse, aber ich rufe die Polizei und muss schauen, was noch alles fehlt."

Lou zog von dannen, was hätte er auch sonst machen sollen? Obwohl ich ihn so gerne bei mir gehabt hätte, die Situation war nun eine andere als noch zwei Minuten zuvor.

Ich wusste nicht, ob wir uns jemals wieder sehen würden.

Die Polizei kam mit zwei Beamten, sie nahmen alles zu Protokoll, später kamen noch zwei Beamte von der Spurensicherung dazu. Aber ehrlich gesagt, die machten mir in keinster Weise Hoffnung, dass ich davon wieder etwas zu sehen bekommen würde. Ich ärgerte mich zu Tode, erstens gehe ich zur Arbeit, in der Zwischenzeit wird meine Bude ausgeräumt, zweitens komme ich dann nach Hause mit einem hübschen geilen Typen und finde das Fiasko so vor? Von meinen Schulbüchern haben sie nicht ein einziges mitgenommen? Die dreckige Wäsche oder meine Unterhosen auch nicht ... Was für ein Spastie war das denn?

Lou und ich hatten uns total aus den Augen verloren, ich hatte ja noch nicht einmal eine Handynummer von ihm ganz zu schweigen von sonst irgendetwas. In der School of Arts konnte mir niemand weiterhelfen.

Einige Wochen später sah ich aber im Internet ein Bild von Lou im Musical „Tanz der Vampire" in Stuttgart. Dort war sein Name Louis. Mit einem Bekannten fuhr ich nach Stuttgart ins SI-Centrum, um das Musical zu sehen. Danach ließ ich ihm ausrichten, ob wir uns treffen können im Irish Pub „The Dubliner".

Eine halbe Stunde nach dem Auftritt kam er in das Irish Pub. Wir verstanden uns auf Anhieb, umarmten und begrüßten uns. Ich stellte ihm meinen Bekannten vor, wir tranken ein Bier zusammen und unterhielten uns.

Irgendwann bemerkte ich, dass er eine Breitling-Armbanduhr trug, die verdächtig nach meiner aussah. Auch seine Lederjacke glich meiner wie ein Ei dem anderen. Entweder wusste er nicht mehr, dass er mir beides gestohlen hatte, oder er glaubte, ich würde es nicht bemerken?

Ich ging kurz auf die Toilette und rief mit dem Handy die Polizei an. Sie kamen und ich sagte ihnen, dass das meine Uhr und meine Jacke waren. Die Polizisten nahmen Louis fest und untersuchten seine Bude.

Dort fanden sie meinen Laptop. Meine Stereoanlage und der Fernseher blieben spurlos verschwunden, die hatte er wohl verkauft. Dafür stießen sie auf Einbruchswerkzeug und einige weitere Beutestücke aus anderen Einbrüchen vor allem in Freiburg, wie ich später erfuhr.

Louis hatte natürlich gewusst, bis wann ich arbeiten musste, und konnte in aller Ruhe mit seinen Kumpels meine Wohnung ausräumen.

Die Aktzeichnung

Marc war Student an der Universität in Heidelberg. Er hatte noch nie Sex gehabt, träumte aber jede Nacht sehnsüchtig davon.

Bei einem Schulfest in Heidelberg kam er an einem Stand von der Aids-Hilfe vorbei. Dort schenkte man ihm ein Kondom und der Mann vom Stand sagte: „Nimm dieses Kondom. Eines Tages, früher oder später, wirst du es gebrauchen und wirst froh sein, wenn du eines dabeihast. Es ergibt sich irgendwann eine Gelegenheit, es zu benutzen, ganz von selbst, und du bist dann froh, wenn du vorgesorgt hast. Glaube mir."

Marc musste grinsen, steckte es in seinen Rucksack, zog seine Kapuze über den Kopf und trotzte den eisigen Winden aus Richtung des Heidelberger Schlosses. Er ging über den Campus zu seinem Englischkurs.

Als er am Abend in seinem Zimmer war, setzte er sich auf sein Bett und musste immer wieder an seinen Zimmernachbarn Jim und dessen Freund denken. Die Wände waren so dünn wie aus Zeitungspapier und er konnte jedes Wort hören, wenn die beiden nebenan ihren Spaß miteinander hatten. Er konnte nicht nur die Worte hören, auch wenn sie sich streichelten und mehr als das taten, bekam er alles mit.

Marc wühlte in seinem Rucksack, um auf andere Gedanken zu kommen – Blumenwiese, Blumenwiese, Blumenwiese –, und fand darin das Kondom. Er nahm sein Tagebuch heraus und klebte dieses in silberne Alufolie eingewickelte Kondom hinein. In dieser Nacht hatte Marc einen unruhigen, feuchten Traum.

An einem anderen Abend, als es im Nachbarzimmer wieder so heftig zuging, zog sich Marc an und rannte aus dem Zimmer. Er wollte sich das nicht wieder antun und zuhören, wie im Nachbarzimmer der Sex abgeht. Er lief raus in die Nacht in den Schnee. Alles war weiß und der Campus in Heidelberg war wie mit einer feinen Zuckerschicht bedeckt. Was sollte er nun tun? Entweder in eine Bierkneipe gehen oder ins Kino zur Spätvorstellung. Er entschied sich für die Kneipe und bestellte sich ein Bier, um einen freien Kopf zu bekommen.

Am Wochenende wollte Marc zu seinen Eltern fahren. Er musste aus diesem Zimmer fliehen und nach Hause, damit er endlich einmal alleine und in Ruhe lernen und seine Hausaufgaben machen konnte. Der Zug hatte Verspätung. Irgendwann kam der Zug und Marc setzte sich in ein Abteil. Er saß noch nicht richtig und schon holte er sein Tagebuch heraus und schrieb und schrieb wie ein Verrückter in sein Tagebuch hinein, was er alles erlebt hatte in den letzten Tagen.

Als er hochblickte, sah er schräg gegenüber einen blonden hübschen Jungen sitzen. Auch er hatte einen Notizblock und schrieb da etwas rein. Marc lächelte ihn an und der Blondschopf lächelte kurz zurück, dann schrieb er weiter. Wie konnte Marc nun in ein Gespräch kommen mit dem Typen? Denn ihm gefiel, was er da sah. Sie warfen sich einander versteckte Blicke zu. Und jeder kritzelte so vor sich hin. Immer wieder grinsten sie sich an und der Zug ratterte vorwärts, ununterbrochen das gleiche monotone Geräusch.

Irgendwann drehte der Blonde seinen Notizblock um, es war ein Skizzenblock und er hatte Marc mit einem Bleistift gezeichnet, wie er nackt dasaß – völlig realistisch. Marc fühlte sich angeregt von seinem eigenen Bildnis. Und auch von der Tatsache, wie der Blonde ihn sah. Marc fand diesen Typen total sympathisch von der ersten Sekunde an.

Der blonde Engel sagte: „Es kommt nun keine Haltestelle mehr in den nächsten dreißig Minuten", stand auf und ging zur Toilette.

Nochmals überlegte Marc, was er nun tun sollte. Ihm folgen? *Wie lange möchtest du noch im Zölibat leben?*, fragte er sich. *Er ist süß, er ist nett, pack es an, Marc. Sex ist ein Bestandteil in unserem Leben.*

Marc war so scharf wie Nachbars Lumpi. Er hatte sein ganzes Leben auf diesen Moment gewartet. Er hatte ein flaues Gefühl in der Magengegend, vielleicht auch Schiss. Dann nahm er sein Tagebuch und riss das eingeklebte silberne Kondom aus dem Tagebuch und folgte dem Jüngling auf die Toilette.

Als Marc in seinem Heimatort ankam, war ein Stolzieren in seinem Gang sichtbar. Jeden Schritt ging er stolz wie ein Gockel Richtung nach Hause zu seinen Eltern. Jeder konnte sehen, dass er seinen ersten Sex im Leben gehabt hatte. Er fühlte sich mehr als großartig. Er musste an den Satz denken: *Wenn man das Kondom hat, ergibt sich auch die Gelegenheit, es zu benutzen, und zwar ganz von selbst.*

Und als Marc diese Gelegenheit einmal geweckt hatte, wollte sie nun gar nicht mehr verschwinden. Plötzlich war jeder Mann ein potenzieller Sexualpartner. Marc hatte sich schon lange nicht mehr so glücklich und großartig gefühlt als nach seinem ersten Sex-Date. Dieser einzigartige und tolle Moment in seinem bisherigen Leben.

Immer wieder erklang in seinem Ohr diese Mantra-Formel:

Wenn man es hat, ergibt sich die Gelegenheit, es auch zu benutzen, ganz von selbst.

Er hielt an einer großen Drogeriekette, ging rein und kaufte sich eine Großpackung Kondome.

Es konnte nun kommen, was wollte. Er war gewappnet.

Eine jüdische Freundschaft

Jüdisch sein bedeutet, kein Weihnachten zu feiern. Jüdisch sein bedeutet, einen Chanukka-Baum zu haben. Jüdisch sein bedeutet, einmal im Jahr wird man bewertet und eingeschätzt während des Seder, wird einem der vier Söhne zugeordnet. Der unfähige, der weise, der überhebliche und der böse Sohn. Der Junge, von dem diese Geschichte handelt, heißt Moshe, und seine größten Konkurrenten waren seine Cousins. Sie waren alle die ältesten Söhne der Familie. Sie wollten alle die Zweifler sein. Jüdisch sein bedeutet, alle Namen zu kennen und man lernt sie alle, aber kann sie nicht behalten.

Sechs Jahre musste er in die Sonntagsschule gehen, sechs Jahre lang halbherzig Hebräisch lernen und den Schabbat-Kindergottesdienst besuchen. Die Sonntagschule war ein Paralleluniversum zur richtigen tagtäglichen Schule. Sie lebten in New York und kannten nicht alle Namen von Jakobs Söhnen. Moshe liebte die Sprache Kaddisch, da die Großeltern es noch sprachen. Jüdisch sein bedeutet, sich für diese Tradition zu entscheiden. Er wollte nicht wissen, was Gott von ihm denkt, sondern er war ein Instrument zur Selbstbeobachtung und Buße, das er solidarisch mit all seinen anderen jüdischen Brüdern benutzen wollte. Man verbrachte ganze Tage in der Synagoge. Es war eine heilige Zeit bis zur Fastenzeit, die mit den Eltern gelebt und verbracht wurde. Der Rabbi kontrollierte und beobachtete dies ganz genau.

Wenn man in den 1980er Jahren jung und schwul und jüdisch war, dann konnte man seine Bedürfnisse nur sehr schwer befriedigen. Man machte es so gut es eben ging, unter anderem kaufte Moshe sich ein Buch mit Sportlern, die dort abgebildet waren, mit dem Titel *Great Jews in Sports*. Mark Spitz im Mittelpunkt dieses Buches. Er gewann neun Goldmedaillen bei den Olympischen Spielen. Er war ein Superheld, für sie der größte jüdische Sportheld. Und er stand in allen Geschichtsbüchern. Er sieht nicht nur blendend aus, er war ein selbstbewusster erotischer jüdischer Mann in einer sehr kurzen, sehr engen Badehose. Das widerspricht absolut der Ikonographie von einem jüdischen Mann. Mark Spitz war absolut sexy. Moshe blätterte so oft es ging in diesem Buch, dass es ganz abgegriffen und zerfleddert war.

Dann gab es ein einschneidendes Erlebnis in seinem Leben.

Sie wurden eingeladen zu einer Bat-Mizwa-Feier bei einer entfernten Cousine. Er war sechszehn und musste am Kindertisch sitzen, weil das Wohnzimmer bereits brechend voll war. Dann kam ein anderer Junge dazu, er hieß Akiva, war auch sechszehn und musste ebenso an diesem Kindertisch sitzen. Die beiden waren die einzigen Personen an diesem Tisch, die über die Tischdeko hinwegsehen konnten.

Sie stellten sofort Augenkontakt her. Wenn sie nicht gerade dabei waren, etwas unter dem Tisch zu suchen für die jüngeren Cousins und Cousinen, was die wieder auf den Boden geworfen hatten, versuchten die beiden Jungs ein Gespräch zu führen. Natürlich ein allgemeines Gespräch über Gott und die Welt. Sie sprachen auch über Musicals, denn damit kannte sich Akiva sehr gut aus.

Als das Essen abgeräumt war, begann der Tanzabend. Obwohl keiner der beiden das Wort *schwul* definieren konnte oder wusste, was es bedeutete, waren sie dem Thema gegenüber aufgeschlossen und spürten Zuneigung zueinander. Die Musik spielte und es begann die Hora. Die beiden Jungs nahmen sich an den Händen und tanzten. Sie tanzten den ganzen Abend und dies war wie Elektrizität. Obwohl alle Familienmitglieder dabei waren, konnten die beide Händchen halten, da es so üblich und nichts Ungewöhnliches war. Sie lächelten sich an und sie konnten alles hieraus herauslesen.

Spät am Abend stand sein Vater hinter Akivas Stuhl und sagte: „Wir müssen so langsam gehen." Als der Vater wieder verschwunden war, schrieben jeder schnell seine Telefonnummer auf einen Zettel. Damals gab es noch keine Handys. Moshe schmiedete einen Plan, er wollte Karten kaufen von Michael Feinstein, der am Broadway in Manhattan ein Konzert gab. Das Geld dafür hatte er von einem Nebenjob zusammengespart. Er rief Akiva von einem

Münztelefon aus an. Dieser musste zuerst die Eltern um Erlaubnis bitten, aber sie sagten zu.

Am nächsten Samstag kam Akiva mit dem Zug aus New Jersey und sie trafen sich in einer koscheren Pizzeria. Sie waren von vielen anderen Juden umgeben und das Gespräch wurde überwacht. Sie hatten Angst mit jedem Wort, das sie sagten. Erst im Theater konnten sie etwas aufatmen, als Feinstein seine Jazz-Standards spielte. Das restliche Publikum war mindestens 20 Jahre älter als die beiden. Sie waren die einzigen Teenager in diesem Theater. Als es im Saal dunkel war, konnte Moshe Akivas Hand berühren und es war ein gutes, schönes Gefühl. Sie kannten keinen einzigen Song, die vorne gespielt wurden, aber es lief ihnen kalt den Rücken hinunter und es gab eine Spannung, eine Elektrizität, die den Körper durchlief.

Als sie aus dem Theater kamen, war es noch hell. Sie kannten ganz genau die Abfahrtszeit des jeweiligen Zuges, den sie nehmen wollten. Auf dem Weg zum Bahnhof unterhielten sie sich über das Konzert. Am Bahnhof angekommen, verabschiedete sich Akiva und betonte, wie sehr er die Gesellschaft und das Beisammensein genossen habe.

Dann überraschte er Moshe und sagte: „Komm!" Er packte seine Hand und zog ihn über die Straße zum Hotel Pennsylvanias.

Moshe begriff im ersten Moment nicht, was geschah, aber sie standen ganz schnell an der Rezeption des Hotels und buchten ein Zimmer. Der Typ hinter der Rezeption blickte total durch und er war begeistert. Er war einer, der zur „Familie" der Schwulen gehörte. Er fragte, ob sie das Zimmer für eine Nacht haben mochten. Die Eltern der beiden standen irgendwo am Bahnhof und warteten auf ihre Söhne, das alles war in diesem Moment egal.

Moshe bezahlte bar das Zimmer und sie gingen hoch. Die Blütezeit dieses Hotels lag ein halbes Jahrhundert zurück. Die Zimmer waren verheerend, aber das spielte in diesem Moment keine Rolle. Es gab Wichtigeres. Dieses heruntergekommene Zimmer war in diesem Moment der magischste Ort auf der Welt.

Sie küssten sich und zogen sich aus. Es war eine stürmische Anziehungskraft, die sie füreinander empfanden. Sie fühlten sich wie der Weise oder der Böse, der Einfältige, der nicht zu fragen wagt – und dennoch wussten sie ganz genau, was sie taten.

Sie waren zum ersten Mal frei und konnten ihr Leben genießen. Die Erleuchtung kam nicht von oben. Manches Mal kommt sie von nebenan vom Nebeneinandersein.

Sie hatten keinen Sex, aber es war alles größer als das, was sie vorher getan hatten. Irgendwann zogen sie sich wieder an und Moshe setzte sich aufs Bett und musste weinen.

Akiva setzte sich daneben und legte den Arm um ihn. „Bist du glücklich oder traurig?", fragte Akiva.

Und Moshe antwortete: „Beides – beides."

Sie fuhren mit dem Zug nach Hause und es gab ein großes Theater.

Sie besuchten drei weitere Sonntagsveranstaltungen. Diesmal sagten sie ihren Eltern, sie würden anschließend noch essen gehen und es könne spät werden.

Bei ihren Gesprächen stellten sie fest, dass beide angefangen hatten, sich über diese Situation Gedanken zu machen, wie es weitergehen sollte. Sollten sie zusammen abhauen?

Das fünfte Date war *Phantom der Oper* in Manhatten. Moshe wartete in einem koscheren Deli auf Akiva, aber er kam nicht. Moshe nahm an, dass Akivas Zug Verspätung hatte, und ging ins Theater. Er hinterlegte die Karte für Akiva an der Abendkasse.

Während des ersten Aktes machte Moshe sich mehr Sorgen um Akiva als um den heruntergefallenen Kronleuchter, aber Akiva kam nicht. Moshe versuchte bei Akiva anzurufen, aber es nahm niemand ab. So fuhr er planmäßig mit dem Zug nach Hause.

Später bekam Moshe heraus: Akiva hatte seinen Eltern einen Zettel hinterlassen, auf dem stand:

„Dad und Mom, ich bin schwul und da ihr das niemals akzeptieren werdet, muss ich gehen. Ich muss raus hier, auf Wiedersehen."

Er hatte seinen Koffer gepackt und war gegangen.

In der Schule wussten sie nicht, was sie tun sollten, eine Versammlung abhalten oder eine Impfung anordnen, da sie glaubten, Schwulsein könnte ansteckend sein?

Moshe hörte nie mehr etwas von oder über Akiva. Erst nach vielen Jahren verliebte sich Moshe neu und begann ein neues Leben, Akiva konnte er aber nie vergessen.

Friedrich der Große: der Kriegsherr 1712–1786

Friedrich Wilhelm I. ist kein Rokokofürst, sondern eine bäuerliche Natur. Kein Konzert erklingt am Hofe und kein Dichter betritt das Schloss. Die ganze Welt nennt ihn den Soldatenkönig.

Er wünscht sich einen gleichgearteten Sohn, der in seine Fußstapfen treten wird. Zu Fritzens fünftem Geburtstag bekommt dieser Sohn ein ganzes Bataillon Soldaten geschenkt. Seine Mutter schenkt ihm eine Flöte und die gibt er nicht mehr aus der Hand.

Der Vater denkt sich, er müsse die Zügel der Erziehung ein wenig straffer ziehen. Artilleriewesen wird Hauptfach. Die Körperertüchtigung wird auf Fechten beschränkt. Von morgens bis abends empfängt der Zehn- oder Zwölfjährige ausschließlich zackige Befehle und freudlosen Lernstoff.

Doch am Abend, wenn er frei hat und die letzte Uniform ihm den Rücken zugedreht hat, da wirft Fritz den ganzen Plunder von sich und kleidet sich in feine Röcke und tritt ein in den eleganten Salon der Königin. Das ist seine wahre Welt, die er liebt. Die höfischen Damen sind entzückt von dem kleinen Thronfolger, der ihnen bei Kerzenschein ein sentimentales Adagio auf der Flöte bläst oder ihnen in perfektem Französisch aus den unbeschwerten Romanen von Mariveaux vorliest. Mit seiner königlichen Mutter und der Schwester Wilhelmine plaudert er über die neueste Oper.

Kurz nach Friedrichs dreizehntem Geburtstag stellt der Vater Friedrich Wilhelm grimmig fest, dass sein Sohn immer noch nicht diesen nutzlosen weibischen Kram abgelegt hat und noch immer lieber mit Flöte und Buch hantiert als mit Bajonett und Degen. Das Reglement wird verschärft. Persönlich stellt nun Friedrich Wilhelm das Programm zusammen, welches nun eher dem eines Strafgefangenen gleicht denn dem eines künftigen Königs. Um fünf Uhr aufstehen und beten. Schnell anziehen, proper waschen – auf diese Art und Weise wird der gesamte Tag durchgeplant. Es ergeht die Anweisung an die Lehrer: Vor Opern und Komödien ist dem Thronfolger eine riesige Abscheu einzuprägen.

Das Ziel des Vaters: dem Sohn das väterliche Siegel mit harter Hand aufzudrücken. Jede Person, die mit Friedrich zu tun hat, ist persönlich dem König unterstellt und muss jeden Abend Bericht erstatten, egal ob es der Lehrer oder Fechtmeister ist. Auch Friedrich selbst ist bald vor den Schlägen des bulligen Königs nicht mehr sicher.

Aber je verbissener sich die Faust des Vaters um den Sohn krallt, desto frecher schlüpft ihm dieser durch die Finger. Selten waren Vater und Sohn so verschieden wie diese beiden. Liebt der Vater die Jagd, ist es dem Sohn zu blutig. Liebt der Vater das Zechgelage mit Freunden, ist dem Sohn solches derbe Vergnügen zuwider.

Friedrich Wilhelm ist kein Taktiker, kein Diplomat. Er erwartet Gehorsam und noch einmal Gehorsam, jede Eigenständigkeit, jede Form von Kreativität lehnt er kategorisch ab und ahndet es mit Strafe.

An einem Abend geht etwas schief: Friedrich spielt Flöte mit seiner jungen Schwester. Der König, der zwar nicht gut bei Gehör ist, aber Musik wie Kloakengestank auf eine Meile zu riechen vermag, überrascht das Musikantenpaar und fällt einer Hyäne gleich über die Gesellschaft her. Die Flöte wird zerbrochen und fliegt im hohen Bogen aus dem Fenster. Die Geschwister bringen sich zunächst in Sicherheit, doch Friedrich wird gepackt, geschlagen und an den Haaren durch die Gänge geschleift. Eine Demütigung ohne gleichen. Die Atmosphäre zwischen Vater und Sohn verschlechtert sich zusehends.

Er wünscht dem Vater den Tod an den Hals, doch inmitten dieser Dunkelheit sendet ihm das Schicksal einen Menschen zum Trost: Hans Hermann von Katte.

Im Jahr 1729 lernen sich die beiden jungen Männer auf dem Kasernenhof kennen. Katte ist Leutnant im Garde-Regiment des Königs, ein hübscher sechsundzwanzigjähriger Bursche mit gewinnendem Wesen, heiter, intelligent, musisch, ein Lebemann wie aus dem Bilderbuch. Für den 18-jährigen Friedrich ist Katte ein Vorbild. Er hängt an seinen Lippen, egal was er sagt. Katte ist derjenige, der

Friedrich in die Geheimnisse der Sexualität einweiht.

Friedrich steht unter strenger Aufsicht, er plant die Flucht aus dem eigenen Land und Katte wird sein Komplize.

Am 5. August 1730 versucht das Paar nach Frankreich zu fliehen, doch sie werden gestellt und dem König vorgeführt. Friedrich Wilhelm I. ist nicht mehr Herr seiner Sinne. Er zieht den Säbel und versucht den Sohn zu durchbohren. Doch ein hoher Offizier kann ihn im letzten Moment aufhalten. Trotzdem schleudert er seinen Sohn von einer Ecke in die andere und beendet sein blutiges Werk erst, als seine Kräfte ermatten.

Danach lässt er Friedrich und Katte in die Festung Küstrin einsperren, wild entschlossen, beide als Deserteure hinrichten zu lassen.

Es kommt aber anders. Bestürmt von der Familie, von den Botschaftern, Ministern und Generälen legt der König für Friedrich eine Kerkerhaft auf unbestimmte Zeit in der Festung Küstrin fest. Doch die schlimmste Strafe ist eine ganz andere:

Von zwei Grenadieren festgehalten und gefesselt, das Gesicht an das Kerkerfenster gepresst, muss Friedrich mitansehen, wie im Hof Hans Hermann von Katte mit dem Schwert enthauptet wird.

Friedrich verlangt, dass ein Bote zum König geschickt wird mit der Nachricht seiner totalen Unterwerfung, wenn er Katte gehen lässt. Doch es hilft nichts, niemand reagiert, kein Bote rennt zum König.

Katte besteigt das Blutgerüst. Friedrich schreit tausendmal um Verzeihung: „Verzeih mir."

Katte sieht zum Fenster auf, wirft seinem Gefährten eine Kusshand zu, dann wird sein Schopf auf den Bock gelegt und das Schwert saust nieder.

Friedrichs Zusammenbruch ist vollständig, er wird ohnmächtig und fällt in ein tagelanges Fieber.

Dies war im Jahre 1730, doch zehn Jahre später wird man diejenigen bemitleiden müssen, die nun seine Untertanen sind.

1732 wird Friedrich vom Vater befohlen, Elisabeth Christine von Braunschweig zu heiraten. Friedrich folgt, ohne zu murren. Zu seiner Schwester sagt er: „Man will mich mit Stockschlägen zum Liebhaber machen, aber das wird nicht gelingen."

Die Ehe wird nie vollzogen.

Schwester Wilhelmine sagt einmal: „Friedrich redet respektlos über Frauen, man rieche sie auf hundert Schritt."

Als König Friedrich Wilhelm I. am 31. Mai 1740 stirbt, ist die erste Handlung des neuen Monarchen, Elisabeth Christine in ein anderes Schloss einzuquartieren.

Er sagt: „Salomon hatte ein Harem von tausend Frauen und war der Ansicht, dass ist nicht genug. Ich habe nur eine einzige und das ist mir schon zu viel."

Friedrich gibt das Potsdamer Schloss Sanssouci in Auftrag und dort wohnt er auch 40 Jahre. Er bekommt Elisabeth Christine nie zu Gesicht. Als er bei einem Staatsempfang doch mit ihr zusammentrifft, sagte er vor allen Gästen: „Madame sind korpulenter geworden." Das waren die einzigen Worte, die er je an sie gerichtet hat.

Einzig Michael Fredersdorff, sein Vertrauter und Gefährte – ein großer und schöner Mensch, geschickt und überall brauchbar, wie Voltaire schreibt – vermag es doch noch, ein zärtliches Gefühl in diesem Mann zu erwecken.

Friedrich führt viele Kriege. Weltweit hat der letzte Krieg der Preußen nicht einen einzigen Quadratmeter an Land eingebracht, aber Millionen Menschen getötet und ein Vielfaches davon an Existenzen ins Elend gestürzt. Friedrich spricht von einem Aderlass, so als wäre der Krieg eine medizinische Kur gewesen. Alle sind im Krieg gestorben, der geliebte Fredersdorff, die Schwester Wilhelmine und die Mutter.

Allein streift der König durch den Park seines Schlosses, am chinesischen Teehaus vorbei zum neuen Palais und über die Orangerie zurück. Am Abend spielt er Flöte mit dem Bach-Sohn Carl Philipp Emanuel und ab und an wird ein junger Kadett, in dem er das trügerische Abbild von Katte erblickt, der Gefährte für eine Nacht – so behauptet zumindest Voltaire. Glücklich ist Friedrich nie geworden, nicht als Feldherr und nicht als Organisator. Einige Schmeichler nennen ihn *den Großen*, aber als Mensch und als Fürsorger für die ihm anvertrauten Untertanen ist er absolut gescheitert.

Er stirbt am 17. August 1786 in seinem Schlafgemach.

Den jungen hübschen Kadetten bringt man schnell aus dem Schlafzimmer, bevor der Pastor zur letzten Segnung kommt.

Fremdgehen

Es war der 1. Mai 2014, ein Samstag. Fred, mein Freund und Partner, war schon den ganzen Tag mit Putzen und Aufräumen der Wohnung beschäftigt.

Ich hatte absolut nicht zugehört und war mit meinen Gedanken ganz woanders, lag auf der Couch und tippte auf meinem Handy herum. Vergangene Woche war ich auf die Idee gekommen, mich bei Gayroyal anzumelden.

Tom Vierunddreißig war anscheinend neu hier in der Gegend, den Typ kannte ich absolut nicht, und 650 Meter von hier entfernt? Bist du neu in der Stadt? Lust auf ein Date? Er war ein blonder hübscher Kerl mit Schnauzbart, genau mein Typ, der passte in mein Beuteschema. Wir tauschten ein paar Bilder aus und vereinbarten ein Treffen in Toms Hotel.

„Ich geh noch ne Runde ins Studio", rief ich Fred zu und war schon aus der Tür.

Er rief mir nach: „Aber bis 5 Uhr bist du zurück! Du weißt, warum."

„Auf jeden Fall."

Mit dem Auto ein paar Minuten und ich stand vor dem Hotel.

Ich klopfte an der Zimmertür und Tom machte auf. Ohne viele Worte landeten wir im Bett, so etwas vernasche ich im Vorbeigehen, dachte ich mir, ein süßer supernetter Kerl, eine richtige Sahneschnitte. Er hatte nichts an als einen Bademantel – und der war sofort ausgezogen und ich wusste noch nicht einmal mehr die Farbe. Mir war nicht zum Reden zumute, alles, was ich brauchte, war das, was gerade eben passierte, ich war geil wie Nachbars Lumpi. Nichts als diese Geilheit war in diesem Moment in dem Raum zu spüren, es lag in der Luft und ohne viel Tamtam hatte ich das Kondom übergezogen.

Er war auf allen vieren auf dem Bett und ich verwöhnte ihn buchstäblich nach allen Regeln der Kunst und nach Strich und Faden. Das war absolut ein Steckenpferd von mir. Ich hatte unheimlich Durchhaltevermögen und konnte lange standhalten im warsten Sinne des Wortes. Na ja, dank Viagra ist das heutzutage keine Kunst mehr.

Als wir fertig waren, fragte er mich: „Weshalb hast du eigentlich kein Bild in Gayroyal, so hässlich schaust du doch gar nicht aus?"

„Kann nicht", antwortete ich, „ich habe einen Partner und der braucht nicht alles zu wissen … Bin erst seit einer Woche da angemeldet."

„Du bist in einer Beziehung? Du bist ein schönes Arschloch."

„Ja, schon einige Jahre, aber im Bett läuft nicht so viel … Du bist der erste Typ, mit dem ich mich treffe. Ich schwöre. Ich habe auch ein verdammt schlechtes Gewissen."

Tom schüttelte den Kopf. „Sorry, aber das geht gar nicht. Du solltest in Erwägung ziehen, mit deinem Partner darüber zu reden, über eure Beziehung, über euer Sexualleben, über dich, über deine Fremdgeherei? Entweder ihr habt eine Beziehung und seid Monogam oder du fickst in der Gegend herum, aber das muss doch dein Partner dann wissen, er kann doch nicht zu Hause sitzen und denken, du bist die treuste Seele, die auf der Welt rumrennt, und in Wirklichkeit fickst du alles, was bei drei nicht auf dem Baum ist."

„Ach, das bringt doch nix", verteidigte ich mich. „Das gibt nur Eifersuchtsszenen, Streit, Theater und so weiter. Dann lieber so, was er nicht weiß, macht ihn nicht heiß …"

„Na du machst es dir aber sehr einfach …"

Ich war still, was hätte ich erwidern sollen? Ich könnte mich ohrfeigen.

Nach einer Weile sprach Tom weiter: „Mich sollte das Ganze ja nichts angehen, aber da du mit mir fremdgegangen bist, tut es das sehr wohl. Das ist purer Egoismus und dein Partner tut mir sehr leid. So einen wie dich möchte ich nicht als Freund haben, nicht einmal geschenkt würde ich dich nehmen, du undankbares Früchtchen. So einen selbstsüchtigen Idioten wie dich habe ich noch nie kennengelernt. Ein richtiges Arschloch!"

Damit stand er auf und zeigte zur Tür. „So und jetzt schmeiße ich dich raus. Ich habe noch eine Einladung und muss los. Muss mich noch fertig machen."

Nachdem ich das Hotel verlassen hatte, ging ich zur Tiefgarage, wo mein Wagen stand. Scheiße, ich hatte einen Platten hinten rechts. War wohl in einen Nagel reingefahren.

Also bockte ich das Auto hoch und wechselte den Reifen, kein Problem.

In Gedanken war ich bei Fred: Kann ich ihm in die Augen schauen? Werde ich mit ihm reden müssen?

Als ich zu Hause eintraf – viertel nach fünf, verschwitzt und mit schmutzigen Händen –, hörte ich Stimmen aus dem Wohnzimmer. Ah richtig, der Besuch aus Herxheim war da. Der alte Kumpel, der Fred besuchen wollte. Den hatte ich total vergessen.

„Da bist du ja endlich", sagte Fred. „Darf ich dir meinen Kumpel vorstellen, das ist Tom."

Mir wurde heiß und kalt, als ich Tom im Wohnzimmer sitzen sah. Vor lauter Schreck brachte ich nur ein „Hallo" hervor.

„Hallo, wir kennen uns", sagte Tom mit ernster Miene.

Halbfinale und Endspiel

Aron und Rico sind Partner, jeder lebt in seiner eigenen Wohnung, Aron in Bielefeld und Rico in Gütersloh. Die Städte liegen nur 28 km auseinander, aber jeder hat seinen eigenen Alltag und Job, dennoch sehen sie sich so oft wie möglich. Irgendwann möchten die beiden mal zusammenziehen, sie suchen auch eine Wohnung in der Mitte der Strecke, aber bisher haben sie noch nicht das Richtige gefunden.

Die Sonne geht auf, scheint durch die hochgezogenen Jalousien und wirft gelbe Streifen an die gegenüberliegende Wand. Der Tisch vor dem Sofa ist übersät mit leeren Bierflaschen und ein paar Pizzakartons. Aron liegt im Bett und schnarcht mit offenem Mund, als sein Handy klingelt.

Aron greift sich an den Kopf und verzieht das Gesicht, er hat einen heftigen Kater. Er sucht sein Handy und findet es nach einer gefühlten Ewigkeit unter einem der Pizzakartons. Er kneift seine Augen zusammen und Rico wird als Anrufer angezeigt. Er drückt den grünen Knopf und nimmt das Gespräch an. „Rico, bist du das? Am frühen Morgen? Ich hatte gestern Abend Kumpels da und wir haben das Halbfinale angeschaut."

Eine Stimme am anderen Ende sagt: „Ich bringe mich um." Die Stimme ist eindeutig männlich, klingt aber nicht nach Rico.

„Rico, bist du das?" Aron ist noch halb im Schlaf-modus.

„Ich werde es tun … Ich bringe mich um …"

„Mann, Rico, hör mit dem Scheiß auf. Du machst mir Angst und ich bin absolut noch nicht fit und noch nicht klar im Kopf. Ich glaube, ich habe einen Kater. Wenn du glaubst, dass das lustig ist, dann irrst du aber ganz gewaltig." Aron schaut auf die Digitalanzeige vom Handy. „Weißt du eigentlich, wie viel Uhr es ist? Gestern Abend habe ich das Halbfinale angeschaut mit den Jungs und es ist sau-mäßig spät geworden."

„Hier ist nicht Rico und ich mag keinen Fußball. Den Scheiß soll anschauen, wer möchte. Elf erwach-sene Männer rennen einem Ball nach. Da habe ich Besseres zu tun, als so einen Scheißdreck anzu-schauen."

Aron schüttelt den Kopf und massiert sich mit dem Daumen und dem Zeigefinger die Augen. Er will gerade etwas sagen, als ihm der Anrufer zuvor-kommt.

„Ich bin Ralf, bitte helfe mir …"

„Ralf, ok … Und wie kann ich helfen? Kannst du mir mal Rico ans Telefon holen?"

„Ich muss jetzt mit irgendjemandem reden und habe einfach auf Wahlwiederholung auf dem Handy gedrückt."

„Nun hör mir mal zu, mein lieber Ralf, ich kenne dich nicht und dein Problem kenne ich auch nicht, es interessiert mich einen feuchten Dreck. Gib mir jetzt Rico ans Telefon und er ist auch der Besitzer vom Telefon."

„Nein, bitte nicht auflegen. Wenn Sie jetzt auflegen, dann weiß ich nicht mehr weiter …"

Aron steht auf, wobei er sich kurz an der Armlehne der Couch abstützen muss. „Also ich muss jetzt pissen gehen. Wenn du so lange dranbleiben möchtest, dann bitte sehr, aber ich muss mal …"

Ohne eine Antwort abzuwarten, legt er das Handy beiseite, torkelt ins Badezimmer und muss sich endlich mal erleichtern. Anschließend hält er den Kopf unter den kalten Wasserhahn, er muss irgendwie zu sich kommen und klar denken können. Es war gestern Abend etwas spät geworden und die Kumpels haben nicht nur Bier getrunken, sondern auch noch harte Sachen und etwas an Drogen wurde auch noch konsumiert, also ganz klar war er im Kopf auf keinen Fall.

Es war ein super Halbfinale, Deutschland gegen Brasilien, 7 zu 1, am 8. Juli 2014. Der absolute Hammer.

Er geht zurück in sein Ein-Zimmer-Apartment, nimmt das Handy zur Hand und sagt: „Ich bin wieder da." Dann schiebt er sich ein Pizzastück in den Mund. Vielleicht sollte er sich noch eine Kopfwehtablette holen? Bestimmt hat Rico einen Typen nach Hause mitgenommen, der pennt noch und Ralf ist am Telefon.

„Ralf, bist Du noch da? Hey, ihr hattet bestimmt eine heiße Nacht mit viel Sex und Poppers. Aber jetzt gib mir mal Rico ans Handy."

„Ja, ich bin noch da", sagt Ralf, „danke, dass du nicht aufgelegt hast."

„Also, pass auf, du sagst mir, wo ihr beide jetzt seid, und ich komme hingefahren, ok? Hast du einen Freund, Ralf?"

„Ja klar, aber was geht dich das an?", entgegnet Ralf. „Ich habe Probleme mit Frauen und stehe auf gutaussehende Männer. Heute Nacht war mein erstes Mal. Ich hatte zum ersten Mal richtigen Sex mit einem Mann."

„Ach so, du warst noch Jungfrau." Aron lacht kurz auf. „Und wie hat es geklappt?"

„Es lief absolut nicht so, wie ich es gewollt habe. Es lief nicht so wie geplant …?"

„Was meinst du jetzt?"

Ralf macht eine längere Pause, schließlich sagt er: „Ich glaube, das war ein Fehler, bei Ihnen anzurufen. Am besten ist es, ich lege jetzt auf und bringe meine Sache voll zu Ende."

„Halt, Moment mal!" Aron setzt sich schwungvoll im Sessel auf und ist in dem Moment hellwach. „Zuerst nervst du mich, dass ich nicht auflegen soll, und jetzt, wo es spannend wird, da möchtest du dich verabschieden? Erzähl mal schön weiter … Was ist heute Nacht schiefgelaufen?"

Dann sind zuerst nur Ralfs gleichmäßige Atemzüge zu hören. „Ich wollte ihm absolut nicht wehtun, verstehst du das?"

Aron hat Gänsehaut. „Was meinst du damit, nicht wehtun?"

„Ich dachte, er wehrt sich nur, um mich heiß zu machen. Ich hatte ihn ans Bett gefesselt mit Handschellen und Seilen. Und plötzlich lag da eine Schere."

Arons Herz schlägt plötzlich erstaunlich schnell. „Was hast du mit Rico gemacht? Willst du mir sagen, du hast ihn verletzt? Sag mir sofort, wo du bist, ich schicke einen Krankenwagen."

„Ich fürchte, dazu ist es nun zu spät." Ralfs Stimme hat einen sehr leisen Tonfall angenommen. Er atmet ein und aus, sehr laut und tief.

Aron springt im Zimmer hin und her, was soll er tun? Er nimmt die Autoschlüssel und rennt zum Wagen, das Handy am Ohr, und es gibt nur eine einzige Richtung, wohin er fahren kann und will, und das ist zu Rico.

„Bleib ganz ruhig, Mann, ich muss jetzt genaustens überlegen, was wir machen", sagt Aron.

„Ich bin die Ruhe in Person."

Aron bleibt stehen. „Bist du dir sicher? Vielleicht ist er nur ohnmächtig, könnte ja sein, oder?"

„Ich bin mir sehr sicher, hier ist so viel Blut."

Aron ist nervlich fix und fertig. „Okay wir müssen die Polizei rufen, die wissen, was zu tun ist. Und einen Krankenwagen."

„Auf keinen Fall! Ich habe dich nicht angerufen, damit du mein Vertrauen missbrauchen kannst und mich den Bullen auslieferst."

„Du hast jemanden umgebracht, bleib ganz ruhig. Bleib am Unfallort, ich komme zu dir gefahren."

„Ich wollte das alles gar nicht", beteuert Ralf.

„Das war ein Unfall, bleib ganz ruhig, bis ich da bin, das wird nicht so wild, das gibt mildernde Umstände. Es war bestimmt ein Unfall. Du wirst sehen, das bekommen wir hin … Das war gut, dass du ausgerechnet mich angerufen hast."

Aron kann nicht mehr klar denken, er rast durch den Morgenverkehr. Es geht alles so automatisch, ohne dass er seinen Kopf einschalten kann. Es ist ein Automatismus, wie in Trance fährt er Auto.

„Danke, Aron, dass ich mit dir sprechen konnte. Es hat so gutgetan. Vielen Dank nochmals." Ralf legt auf.

Aron rast zu Ricos Wohnung. Dort endlich angekommen, findet er ihn mit vielen Seilen und Handschellen ans Bett gefesselt vor, von Blut überströmt aus unzähligen Stichen mit der Schere. Aron ruft sofort den Notarzt und die Polizei.

Die Fingerabdrücke in der Wohnung, die man Ralf zuordnen konnte, waren eindeutig, aber nicht in der Datenbank gespeichert. So konnte man nie diesen ominösen Ralf finden und dingfest machen. Vielleicht hatte er eine Freundin und hatte in dieser Nacht zum ersten mal Sex mit einem Mann? Vielleicht war er ein Stricher? Wer wusste schon, wer dieser brutale Mensch war?

Man konnte diesen Ralf nie finden und es geschah in der Nacht vom 8. auf den 9. Juli 2014.

Die große Liebe

Diese Geschichte basiert auf einer wahren Begebenheit, die sich im Jahr 2005 in einem Dorf etwa 10 km von Lyon zugetragen hat.

Baptist, Pascal, Sebastian und die charismatischen Geschwister Pierre und Lucie sind beste Freunde. Sie haben eine kleine Band und machen Musik und treten im Schulhof oder in der Aula der Schule auf. Sie hängen aber auch sonst Tag und Nacht zusammen. Lucie schläft mit jedem von ihnen, vielleicht sogar ab und zu mit ihrem eigenen Bruder. Pierre ist bisexuell und steht auch auf Männer.

Die fünf verstehen sich blendend. Sie machen Party von morgens bis abends. Tagsüber sind sie am Baggersee und baden nackt, abends machen sie Musik, rauchen Zigaretten, auch mal einen Joint, trinken Alkohol und machen die Nacht zum Tage. Immer wieder pennt der eine mit dem anderen oder Lucie ist mit dabei. Sie knutschen, befummeln sich, haben Sex. So geht das tagein, tagaus.

Regelmäßig fragt Pierre seine Schwester: „Wie schön bin ich?"

Lucie antwortet dann stets: „Du bist so schön wie Gott" oder „du bist so schön wie ein Maikäfer" oder „du bist so schön wie eine Sonnenblume."

Immer wieder möchte er eine Bestätigung haben für seine Schönheit. Er schaut sich gerne im Spiegel an und bewundert sich. „Ach je, bin ich schön", sagt er dann.

Pierre ist nicht nur schön, er ist hinreißend, er ist zwar selbstverliebt, hat aber einen fantastisch schönen Körper, ist charismatisch, hat wunderschöne Augen, lange Wimpern, tolle Haare – er könnte eine Model-Karriere starten.

Pierre hat sich nebenher ein bisschen Geld zusammengespart. Er geht auf den Strich, trifft sich mit zwei oder drei älteren Herren, außerdem beteiligt er sich an einer Gruppensexorgie; dies alles bringt ihm etwas an Geld ein. Davon kauft er sich schließlich ein Moped.

Vierzehn Tage später wird Pierre am Waldrand tot aufgefunden. Er ist innerlich verblutet, hatte viele Prellungen, einen Genickbruch, einen Milzriss und viele Schürfwunden. Wie und weshalb er gestorben ist, weiß niemand. Auch die Polizei tappt im Dunkeln. Die Jacke und das Moped sind verschwunden.

Lucie dreht nahezu durch, sie möchte wissen, wer der Mörder ihres Bruders ist, und setzt alles daran, diesen zu finden. Zuerst geht sie zu einem behinderten Jungen namens Paul, der in der Nähe des Tatorts wohnt, und fragt ihn, ob er etwas gesehen hat. Dieser verneint. Sie bietet sich ihm an und würde mit ihm sogar Sex haben, wenn er etwas gesehen hat oder etwas dazu sagen kann.

Auch mit dem jungen Polizisten, den sie bei Vernehmungen kennenlernt, geht sie ins Bett, um mehr zu erfahren. Im Ort gibt es eine Roma-Familie, hier nimmt sie sich den Sohn zur Brust. Sie sagt: „Wenn du mir den Mörder meines Bruders liefern kannst, gehe ich mit dir ins Bett." Dann geht sie zu einer Gruppe Jugendlicher, die einmal versucht hatten, die Band bei einem Konzert zu stürmen, und versucht auch da ihr Glück und bietet ihre Dienste an. Jedoch alles erfolglos.

Immer wieder träumt Lucie ob tagsüber oder nachts von ihrem Bruder. Sie sind trotz dem Tode miteinander vereint. Wenn sie auf dem Friedhof das Grab ihres toten Vaters besucht, kommt wieder eine Eingebung oder Erleuchtung vom geliebten Bruder Pierre.

Als der Sarg verbrannt wird mit Pierres Leichnam sind alle im Krematorium mit dabei. Lucie, Baptist, Pascal und Sebastian schwören sich, den Mörder von Pierre zu finden. Sie sind vereint im Leben und im Tode und nichts wird sie aufhalten. Sie führen sogar ein Ritual mit Feuer und einem Messer durch, womit sie zu Blutsbrüdern werden.

Auf dem Pullover von Pierre fand die Polizei einen tropfen Sperma. Daher müssen alle männlichen Bewohner im Dorf Sperma abgeben bei der Polizei. Sie kommen in einen Raum, hier steht für jeden ein Becher, der eigentlich für Urin gedacht ist. Jeder muss eine Spermaprobe abgeben. Eine Übereinstimmung gibt es jedoch nicht.

Lucie sitzt in Pierres Zimmer. Was ist ihm widerfahren? Pierre war wunderschön, er hatte alle

Chancen, ob bei Mädchen oder bei Männern. Findet sie hier etwas? Einen Liebesbrief, einen Zettel, einen Hinweis, was hat Pierre noch alles getrieben? Dinge, von denen Lucie nichts weiß oder nichts wissen durfte? Schließlich findet sie eine Notiz zu den Sexorgien, an denen Pierre ohne Lucies Wissen teilgenommen hatte. Offensichtlich finden sie regelmäßig an einer bestimmten Adresse statt.

Lucie fährt zu dem älteren Mann vom Ort, der die Sexorgien organisiert hatte. Der bittet Lucie in sein Haus und erzählt ihr: „Pierre fehlt mir sehr. Er war ein hübscher junger Mann, ein Schönling. Aber er war auch nicht billig, er hat seinen Preis verlangt." Nach einer Weile fährt er fort: „Wissen Sie, einmal hatte ich eine Affäre mit einem Schüler und als ich im Wohnzimmer den Schüler nackt vor mir hatte, kam gerade meine Frau herein. Sie hatte sofort die Scheidung verlangt. Das ist nun fünf Jahre her. Später habe ich mit dem Organisieren der Sexorgien angefangen."

Die Polizei verhört auch den älteren Mann, der aber hat ein Alibi für diesen Abend.

Einige Tage später finden Baptist, Pascal und Sebastian das Moped wenige Meter von der Roma-Familie entfernt. Sie gehen nicht zur Polizei, sondern zu Pierres Mutter und erzählen es ihr. Die Mutter will sofort die Polizei benachrichtigen, aber die drei Jungs sagen:

„Nein, das machen wir selbst, wir gehen hin und rächen Pierres Tod."

Die Mutter ist vehement dagegen. „Das kommt absolut nicht in Frage. Ohne Polizei wird hier gar nichts unternommen."

Die Polizei geht der Sache nach, aber sie kann nichts finden, das den Verdacht erhärten könnte.

Lucie bestellt alle drei Freunde in den Wald und erzählt ihnen, dass sie schwanger ist. Einer von den dreien ist der Vater. „Aber wir halten zusammen und ziehen das irgendwie zu viert durch", versprechen sie sich.

Das Ganze geht wochenlang ohne Erfolg weiter, die Polizei ist dabei, die Akte zu schließen und den Fall als ungelöst zu den Akten zu legen.

Doch dann findet Babtists Vater auf dem Speicher seines Hauses Pierres gelbe auffallende Jacke. Er stellt seinen Sohn zur Rede.

Dieser erzählt unter Tränen, dass sie zu dritt Pierre umgebracht haben.

Es wird die Polizei gerufen, alle drei kommen ins Gefängnis. Die Tat wird zweimal nachgestellt am Ort des Geschehens. An einer Puppe auf dem Boden müssen die Täter genau zeigen, wie sie zugeschlagen und zugetreten hatten, wer was getan und wo sich jeder genau befunden hatte.

Im August 2005 erfolgt die Urteilsverkündung: Baptist und Pascal werden wegen Mordes zu 18 Jahren Haft verurteilt. Sebastian erhält wegen unterlassener Hilfeleistung fünf Jahre Haft, da er nur daneben gestanden war und zugesehen hatte.

Pierre hatte mit jedem der dreien eine heimliche Affäre. Nachts traf er sich mit jedem von ihnen. Er versprach ihnen die große Liebe. Er versprach jedem Einzelnen, dass sie zusammen weggehen würden. Er versprach das Blaue vom Himmel. Und er war begehrenswert. Jeder wollte Pierre haben. Jeder wollte mit Pierre abhauen. Jeder wollte die große Liebe mit Pierre.

Dann kamen sie dahinter, welches Spiel Pierre gespielt hatte. Er traf sich im Wald mit Sebastian. Die anderen beiden bekamen das irgendwie raus, heimlich gingen sie Pierre nach und sie trafen sich an diesem Waldstück. Dann stellten sie Pierre zur Rede. Er versuchte sich zu verteidigen, aber das genügte den dreien nicht. Sie zahlten es Pierre schließlich heim, was er ihnen alles versprochen und angetan hatte.

Wie gewonnen, so zerronnen

Ich war im Café Klatsch in Mannheim unterwegs mit ein paar Freunden. Es war Sonntagnachmittag gegen 17 Uhr.

Jeder Tisch war belegt. Es war sehr viel los, manche Leute mussten sogar stehen. Mein Blick ging durch das gesamte Lokal, jeden, der hier im Raum war, checkte ich in Sekundenschnelle. Da hinten am Tisch saß ein Bürschchen, das total mein Geschmack war. Absolut meine Kragenweite, voll und ganz mein Beuteschema. Ein blonder Lockenkopf, hübsches Gesicht, ein Grübchen in der Wange, wenn er lachte, mein Gott, war der hübsch. Der hätte als Top-Model durchgehen können in jedem Gay-Magazin. Eine absolute Augenweide.

Ich schaute ihn an, nein, ich starrte ihn an. Auch er schaute mich an, dann wieder weg und nochmals zu mir. Sie waren zu fünft am Tisch, lachten und alberten herum. War sein Freund oder Partner dabei? Hatte er mich auch angeschaut oder irrte ich mich? Er hat mich doch angeschaut, oder? Direkt in die Augen? Es war nur ein kurzer Augenblick, aber ich bin überzeugt, dass er mich auch angeschaut hat.

Er sitzt an einem Tisch höchstens fünf Meter von mir entfernt. Ich rieche ein Parfüm. Ist es seins? Ich fühlte so, als könnte ich sein Parfüm riechen, aber es war von meinem Nachbar-Mann.

Der Typ hatte einen blonden Wuschelschopf, ein fantastisches Lächeln. Wieder schaute er her, ich sah hin ... Große braune Rehaugen. *Ach je, ist der Kerl hübsch! Vielleicht Mitte zwanzig. Ich glaube, ich bin verknallt.* Mir raubte es alle Sinne, ich glaubte, ich würde ohnmächtig. Mit einem anderen an seinem Tisch unterhielt er sich, aber seine Blicke wanderten immer wieder zu mir herüber.

Mittlerweile suchte ich immer mehr seine Blicke, ich setzte mich so, dass ich ihn besser sehen konnte. Eine halbe Stunde verging, die ganze Zeit hatte ich ihn im Blick. Abermals trafen sich unsere Blicke. In meiner Hose regte sich etwas. Mich reitete der Teufel. *Soll ich aufstehen und zu ihm rübergehen? Habe ich so viel Courage oder soll ich einen Cognac bestellen?*

In Gedanken versunken ging ich zur Toilette, er folgte mir. Dort gingen wir in eine Kabine. Er sagte: „Hi."

Ich wollte auch „hi" sagen, kam aber nicht mehr dazu, denn ich fackelte nicht lange, schaute tief in seine wunderschönen Augen und küsste ihn. Er war nicht unglücklich darüber und erwiderte den Kuss. Im Handumdrehen öffnete ich seine Hose und meine Hand glitt da rein. Er jauchzte und schluchzte und war ganz heiß ... Wir vernaschten uns gegenseitig und machten viele, viele tolle Sachen, die ich hier nicht schreiben kann ... Danach zogen wir uns an, tauschten die Telefonnummern aus und verabredeten uns für den nächsten Tag.

In Wirklichkeit sah es aber ganz anders aus, wir saßen im Café Klatsch an zwei getrennten Tischen. Er dort – ich hier.

Seine Clique und er standen auf und zogen die Jacken an. Sie bezahlten vorne an der Theke und verließen das Lokal.

Ich rannte ihm nach und übergab dem hübschen Bengel meine Visitenkarte. Alle anderen glotzten mich blöd an.

Er freute sich sehr und nahm die Visitenkarte dankend an. Dann gingen sie weiter, er drehte sich noch einmal um und schaute nach mir …

Aber angerufen hat er nie … auch kein WhatsApp geschrieben oder so … Ich schaue täglich – und das seit fünf Jahren. Ob er wohl meine Visitenkarte verloren hat?

Der schöne Jüngling

Nach einer wahren Begebenheit im Jahr 1970 in der Türkei im Gefängnis von Silivri, etwa 70 km von Istanbul entfernt.

Am Ende einer durchzechten Nacht erstach der 20-jährige Mustafa seinen heimlich begehrten besten Freund. Nach dessen Verurteilung wurde er ins Gefängnis von Silivri gebracht, das auch „Tor zur Hölle" genannt wurde. Er wusste, dass diese Bezeichnung alles andere als ein Witz war, angeblich sollten die Wärter freie Hand haben bei der Bestrafung oder gar Folter der Gefangenen – sofern dies nicht nur üble Gerüchte waren. Dennoch Grund genug, sich vor seinem neuen „Zuhause" zu fürchten.

Mustafa kam völlig ausgehungert, unrasiert und mit verdrecktem Hemd in eine Zelle von Gang sechs. Es war 10 Uhr vormittags im Dezember, die Sonne schien nur ganz schwach in die Zelle herein. In dieser Zelle waren schon vier andere Zellenbewohner. Alle musterten Mustafa intensiv.

Sie wollten nichts wissen von Mustafa, nicht, was er getan hatte, und nicht, woher er kam. Man bot ihm einen Tee an. Sie zündeten den kleinen Paraffinkocher in der Ecke an und machten heißes Wasser. Zu essen bekam er eine Scheibe Brot.

Ein Typ um die 40 sagte: „Mach dir keinen Kopf, so schlecht ist es gar nicht hier." Er saß da mit nacktem Oberkörper und wies mehrere Stichnarben am

Rücken auf. Er sah nicht gerade schön aus, eine brutale Erscheinung mit einem Glatzkopf. Man nannte ihn Ahmet, den Hengst. „Zieh dein Hemd aus!", befahl er plötzlich.

Mustafa wusste nicht, was er davon halten sollte, aber er tat es.

Ahmet hatte einen anderen Jüngling im Bett liegen, den schmiss er nun raus und sagte zu ihm: „Geh das Hemd waschen."

Der erwiderte zögerlich: „Muss ich nun Platz machen für diesen dahergelaufenen Typen, den kleinen Lord?"

„Ja", sagte Ahmet, „ganz genau so heißt er ab jetzt: der kleine Lord."

Der andere Jüngling horchte auf der Stelle, nahm das Hemd und ging es waschen.

Ahmet schaute Mustafa von oben bis unten an, das Gesicht, die Arme, die Brust, den Bauch, alles schaute er ganz genau an. Ihm schien zu gefallen, was er sah. Tatsächlich hatte Mustafa einen schönen Körper und ein fast mädchenhaftes Gesicht.

Um seine Verlegenheit zu überspielen, sah Mustafa sich in der dreckigen Zelle um. In der Mitte des Raums hing ein alter Kanister als Öllampe von der Decke, es gab keinen Strom in der Zelle. An der Wand klebten ein paar Poster von Fußball-Legenden. In einer Ecke baumelten ein Zopf mit Knoblauch und eine Schnur mit vielen Zwiebeln. Es gab zwei Betten, bedeckt mit alten Wolldecken, doppelstöckig wie Kojen auf einem Schiff. Die zwei Betten waren für vier Personen gedacht.

Auf der Küchenseite befanden sich zwei Dosen, eine Zitrone und ein halbes Kilo Kartoffeln. Als Sitzgelegenheit dienten vier Holzkisten, und es gab einen aus Holzresten gezimmerten Tisch. Hinter der Tür hing ein alter vergilbter Spiegel.

„Du bist ein Glückspilz", sagte Ahmet, „wir sind hier sauber, haben zu essen und keiner wird dir Ärger machen, wenn du uns Respekt entgegenbringst, ansonsten verzieh dich und gehe in eine andere Zelle. Ich erwarte von dir absolute Loyalität und Unterordnung." Er zückte eine Schachtel mit Zigaretten und bot Mustafa eine an, dieser lehnte ab und sagte, er rauche nicht.

„Bist du müde?", fragte Ahmet, was Mustafa verneinte. „Also lass uns einen Spaziergang durch das Gefängnis machen. Ich zeige dir alles."

Sie gingen den Gang entlang. Die anderen Insassen grüßten Ahmet und zolltem ihm sichtbar größten Respekt. Viele standen in Grüppchen beieinander und redeten über den neuen Schönling, der da kam, mit dabei Ahmet, der Hengst, wie Mustafa aus dem Getuschel entnehmen konnte.

Viel später erfuhr Mustafa, dass Ahmet ein guter Kerl war, aber wenn er mit jemandem in Streit geriet, dann landete der entweder im Krankenhaus oder auf der Leichenbahre.

Sie gingen unter Wäscheleinen hindurch, die quer zwischen den Geländern aufgespannt waren. Daran hingen Socken, Hemden und Unterhosen zum Trocknen.

„Hier müssen wir für alles selbst sorgen", erklärte ihm Ahmet, „Essen kochen, Wäsche waschen, alles in Ordnung halten, Reparaturen … Die Wärter machen nichts. Im Gegenzug dürfen wir uns frei innerhalb der Mauern bewegen."

Ganz hinten mittig war das offene Klo. Wer es benutzte, musste sich vor aller Augen draufsetzen. Seitlich davon befanden sich die schimmligen Duschen. Hier tröpfelte nur noch ein dünner Wasserrinnsal. Ein stämmiger bulliger Typ kam und begann, seinen behaarten Körper einzuseifen.

Ahmet war nett zu Mustafa und sehr gutmütig, er zeigte und erklärte ihm alles. Er war verurteilt worden, weil er zwei Männer getötet hatte, die ein bisschen überheblich gewesen waren. Er sollte einen Kumpel verraten und die Polizisten schlugen ihn mit Ketten, aber er schwieg. Auch hier im Gefängnis war dies Alltag, erklärte Ahmet, jeder musste ständig damit rechnen, willkürlich verhört und geschlagen zu werden, oft ohne erkennbaren Zweck.

Mustafa befand sich nun in dieser kalten, bedrohlichen Atmosphäre dieses Gefängnisses mit korrupten Beamten und brutalen Zellennachbarn, die grobschlächtig unterwegs waren. Es war eine unerträgliche Atmosphäre und ein grausamer Alltag. Das Leben hier hatte etwas Unwürdiges an sich.

Er gewöhnte sich an seinen Herrn und Meister, auch sexuell musste er ihm bedingungslos dienen, was Mustafa jedoch nichts ausmachte. Und Ahmet bot den schönen Jüngling den anderen Männern an, er wurde von Zelle zu Zelle gereicht – am Anfang. Aber dann nahm das Ganze größere Ausmaße an.

Im Gefängnis waren 4000 Männer untergebracht. Es gab hier kein Freudenhaus und keine Nutten und so musste Mustafa all den Männern dienen. Sein Boss Ahmet bekam dafür kleine Gegenleistungen, einen Apfel oder eine Zwiebel oder drei Zigaretten, im Gegenzug musste Mustafa seinen Körper hergeben, er wurde bestiegen und befummelt, tagein und tagaus. Auch nachts hatten verschiedene Männer seine Freude an ihm.

Nachmittags wurde er bei den Duschen an die Wasserleitungen gebunden, nackt, wie Gott ihn schuf. Die Beine wurden weit auseinandergespreizt und mit einem Stock fixiert, dann durften die Männer sich austoben und abarbeiten an Mustafa. Ob groß oder klein, da fragte kein Mensch nach. Alle stiegen über ihn und rammelten wie die Hasen. Er war das absolute Lustobjekt oder das Lustopfer und er wurde vergewaltigt, oft vierundzwanzig Stunden am Tag.

Sogar vereinzelte Wärter machten dabei mit und hatten Spaß an diesem hübschen Burschen mit seinen großen Rehaugen, langen Wimpern und einem Körper fast wie ein Mädchen.

Er wurde geliebt und verwöhnt und hatte nur wenige Vorzüge bei der Sache, denn er rauchte noch nicht einmal. Tag und Nacht musste er seinen schönen Hintern hinhalten. Und wenn einer fünf Zigaretten mitbrachte, durfte er noch ganz andere Sachen mit dem schönen Jüngling machen und alle anderen schauten zu.

Eines Tages kam die Polizei und filzte die Zelle von Ahmet und dem schönen Jüngling. Sie suchten nach Drogen. Sie durchwühlten die Zelle, stellten alles auf den Kopf und nahmen die gesamte Zelle auseinander. Sie fanden absolut nichts. Ahmet hatte ein sehr gutes Versteck. Er hatte in der Wand einen Backstein herausgemeißelt und dahinter waren all seine Drogen versteckt.

Einige Jahre später kam es zu einer offenen Rivalität zwischen Ahmet und einem anderen Boss vom Gefängnis, der hieß Abdullah auch er wollte den schönen Jüngling für sich haben. Es entbrannte ein harter Kampf zwischen zwei harten Männern. Abdullah begehrte genau das, was Ahmet jahrelang hatte, nämlich eine gute Einnahmequelle durch den schönen Jüngling. Er hatte Privilegien, Zigaretten und Drogen und noch viel mehr. Nun war der Moment gekommen, in dem Abdullah diese Macht an sich reißen wollte.

Er forderte Ahmet zu einem Zweikampf heraus. Sie kämpften wie zwei harte Männer, aber Abdullah war absolut im Vorteil, er war ein bekannter Boxer und trainierte täglich mit ein paar Knastbrüdern. Er machte Sport von morgens bis abends. Im Gegensatz dazu war Ahmet ein unbeweglicher alter Mann, der manchen Fausthieb einstecken musste, zudem war Ahmet nur mit einer Rasierklinge bewaffnet, Abdullah dagegen mit einem Messer. Auf einmal ging alles ganz schnell. Abdullah stach mit dem Messer zu und rammte es Ahmet in den Magen. Dieser brach sofort zusammen und blutete wie Schlachtvieh.

Mustafa schrie noch: „Helft ihm, helft ihm! Er bringt ihn sonst um." Doch die Männer, die im Kreis standen, rührten sich nicht und riefen noch nicht einmal die Wärter. Sie ließen ihn liegen und ausbluten.

Abdullah war der Sieger und der neue Boss im Gefängnis. Er nahm sich, was ihm zustand, und das war nun der schöne Jüngling als seinen Leibeigenen. Mustafa musste nun ihm Dienste erweisen und für ihn da sein. Und für ihn und andere den Hintern hinhalten. Für ihn war der einzige Unterschied sein neuer Herr und Meister.

Es war schwuler Sex an einem sehr brutalen Ort. Man nannte es die schwarze Liebe.

Paul der Visagist

Paul ist Visagist sowie Hair- und Make-up-Artist für das Zweite Deutsche Fernsehen. Er reist in Deutschland umher und ist sehr begehrt bei verschiedenen Top-Sendungen, zum Beispiel bei Wetten, dass – da macht er die Haare und das Make-up von Thomas Gottschalk – oder bei Helene Fischer oder beim Heute-journal und vielen Shows und Serien im In- und Ausland.

Am 23. Dezember fliegt er nach Hannover, er möchte seine Eltern für zwei Tage am 24. und am 25. Dezember besuchen, dann wird er weiterfliegen zu einer Show auf Mallorca. Eigentlich möchte er gar nicht so richtig zu seinen Eltern, da sie sich immer streiten. Überhaupt an Weihnachten, das sind so Tage, da kommt alles zusammen, die Spannung steht jedem ins Gesicht geschrieben. Aber er hatte es seiner Mutter versprochen und einmal im Jahr kann man auch mal nach Hause kommen und seine Eltern besuchen.

Schon im Flieger hat Paul sein Handy ständig in Bereitschaft und besucht verschiedene Seiten wie Gayromeo, Gayroyal, Instagram, Zoos, Gaydar, Grindr und noch viele mehr. Überall ist er präsent, mal in Uniform abgebildet, mal in der Badehose, ob als Leder-Typ oder im Anzug, er macht überall eine sexy Figur. Er ist ein absoluter Hotboy und Insider, bekommt unheimlich viele Anfragen und Likes.

Bei Gayromeo poppt gerade eine Nachricht auf von Klaus: „Hallo Paul, bist du schon gelandet?" Dann wechselt Paul rüber zu Zoos, da meldet sich Michael: „Hey, wie geht's?" Bei Gaydar schreibt der Nächste …

Selten bleibt er in einer Stadt länger als zwei Tage und in jeder Stadt hat er einen Loverboy sitzen. Auch hier in Hannover wird er nicht gleich zu seinen Eltern fahren, sondern trifft sich zuerst mit einem Freund zu einen One-Night-Stand. Paul scrollt sich durchs Internet und findet einen sexy Boy nach dem anderen. Er kommt überall in Deutschland herum und hat zehn Boys an jedem Finger, da braucht er sich nicht zu beschweren. Überall ist er der Hahn im Korb, der gutaussende nette junge Mann, ganz der Schwiegermama-Typ. Alle reißen sich um ihn und er hat Chancen wie ein Filmschauspieler.

Als er in Hannover gelandet ist, nimmt er ein Taxi und fährt zu einem Date. Schon wieder schreibt ihm jemand, diesmal ein *Gay39* aus Berlin. Paul wechselt zur nächsten Seite und antwortet noch nicht einmal.

Paul hat blonde Haare, ist 1,95 Meter groß, ist schlank und hat eine gute Figur. Etwas Sport wie schwimmen oder im Studio macht er auch, damit er eine noch bessere Figur bekommt. Und das, was er in der Hose hat, ist auch nicht zu verachten. Und wenn man die Typen einmal im Bett hat, da misst ja keiner mehr nach.

Paul sitzt im Taxi und ist fleißig am Posten und Schreiben, als er in der Jakobstraße ankommt. Hier hat er einen Termin mit seinem Date. Er läutet an der Tür, der Summer macht auf und schon steht er in der Wohnung von irgendeinem Typen. „Na, da bist du ja", sagt Paul, „ich bin noch gar nicht richtig angekommen ... hier in Hannover."

Ich kapiere noch gar nicht ganz, dass ich Weihnachten frei habe, geht mir durch den Kopf, und hier in Hannover war ich seit sieben Jahren nicht mehr, da kommt einem alles ganz fremd vor. „Komm, wir verschwinden im Bett." Dann geht alles ganz schnell, eine mehr oder weniger passable Nummer und schon ist Paul weiter unterwegs mit dem Taxi zu einem Hotel.

Im Taxi schreibt einer über Gayromeo: „Hey du geiler sexy Boy!", und in Ginar schreibt der Nächste: „Hallo Mr Sexy!"

Paul geht in die Hotel-Lobby und checkt ein. Aber in seinem Hotelzimmer geht es schon weiter ... Hier sieht er, wie viele geile Männer gerade online sind, wie viele in seiner Nähe. Er geht kurz duschen und macht ein Pic von sich nur mit einem Handtuch bekleitet und schon geht es erneut weiter. Einige Typen sind ganz in der Nähe, vielleicht sogar hier im Hotel, dort sind auch Stewards und Piloten der Lufthansa untergebracht. Männer und geile Boys, die über Weihnachten ihre Familien besuchen.

Zwei verpasste Anrufe von Mutter sind auch auf dem Handy. *Was will die schon wieder*, denkt er sich.

Er würde bei Gayromeo einmal checken, wer alles hier im Hotel untergebracht ist. Dann ruft er doch die Mutter zurück: „Du, ich komme heute nicht mehr, das reicht mir nicht, aber morgen zum Kaffeetrinken um 15 Uhr komme ich auf jeden Fall", und würgt die Mutter irgendwie ab. Paul schmeißt sich aufs Bett und schläft sofort ein. Der Flug, die Zeitumstellung, ein absoluter Jetlag. Er ist nach wenigen Sekunden weg und eingeschlafen.

Am nächsten Morgen steht er auf, duscht und geht zum Frühstück. Das Schönste am Tag ist ein gutes ausgiebiges Frühstück mit Sekt, Speck und Ei, Wurst und Käse, Marmelade, Honig und vielem mehr.

Nach dem Frühstück geht er auf das Zimmer und schaut wieder bei Gayromeo, Gayroyal, Instagram, Zoos, Gaydar und Grindr kurz rein, um zu schauen, ob es etwas Neues gibt, ob ihm ein toller Typ geschrieben hat. Vielleicht ganz in der Nähe? Aber es ist nichts Gescheites dabei.

Er zieht sich um, nimmt seinen Koffer und geht ins Fitnessstudio. Gott sei Dank ist er Mitglied in einem, das es in jeder größeren Stadt gibt. Auf dem Weg mit dem Taxi zum Studio chattet er mit Jörg und Tom und stellt ein neues Bild in den Status. Dann geht's ins Studio. Hier legt er das Handy ab und zu an die Seite, aber ganz, ganz selten. Er chattet mehr, als dass er trainiert.

Ein Bodybilder kommt vorbei und sagt: „Hallo, Jungspund, du musst auch Gewichte auflegen ... Wir sind ja hier nicht im Kindergarten."

Paul lacht nur und schaut weiter auf sein Handy, wer gerade in der Nähe ist. Auf dem Stepper checkt er die neuesten Likes. Das Foto aus dem Badezimmer kam gut an, da hat er schon erneut einige Anfragen erhalten.

Nach dem Studio geht er in die Stadt zu einem Stadtbummel, nach wie vor das Handy in der rechten Hand, mit der linken zieht er den Koffer hinter sich her. Einer macht ein Posting, ein anderer schreibt: „Hey, was machst gerade?" Der dritte schreibt: „Komm vorbei, wir machen Sex." Paul ändert sein aktuelles Bild mit dem aus dem Badezimmer.

Ein Typ ohne Bild hatte ihn angeschrieben: „Hey und alles klar? Bist du fit im Schritt?" Einer schreibt nur: „hi", der Nächste möchte mehr wissen von Paul: „Hast du Zeit gerade? Möchtest du vorbeikommen? Ich liege im Bett und warte auf dich ..." Er schickt Paul seinen Standort und er ist wirklich nicht weit weg, vielleicht 800 Meter. Soll er ein Taxi nehmen und kurz hinfahren?

„Ja ok, ich komme", schreibt Paul zurück. Er setzt sich ins Taxi und fährt zum Charrie-Platz, dort steigt er aus und sucht die Wohnung. Es ist eine Ein-Zimmer-Wohnung, aber schön eingerichtet. Der fremde Boy schaut gut aus. Er ist nackt und trägt eine Puppy-Maske. Sie reden nicht viel, es geht gleich zur Sache. Sie fallen übereinander her. Paul ist frisch geduscht vom Studio und riecht herrlich nach frischer Seife.

Sie treiben es auf einem lila Teppich. Danach wird auf der Küchenanrichte weitergemacht. Paul ist kein Kind von Traurigkeit, wenn es um Sex geht. Er lebt ihn aus mit allem Drum und Dran. Als sie fertig sind, zieht er sich an und geht. Er kennt noch nicht einmal den Namen von dem Typ, nur Puppy. „Melde dich mal wieder, wenn du in der Stadt bist", sagt der Typ.

Paul setzt sich in die Straßenbahn und fährt in Richtung seiner Eltern. In der Straßenbahn holt er natürlich sein Handy heraus und schaut, wer ihm geschrieben hat, welche geilen Boys und Männer haben jetzt bei ihm angeklopft?

Nun muss er aber Gas geben und sich beeilen. Die Mutter hatte schon dreimal angerufen, aber er hat es nicht mitbekommen … Wie auch, er war beschäftigt. Auf dem Weg zu seinen Eltern kauft er noch eine Schachtel Pralinen für seine Mutter und eine Flasche Cognac für den Vater.

Als er in die Straße einbiegt, sieht er den Notarztwagen und den Leichenwagen vor dem Haus der Eltern.

Er rennt los, kommt aber zu spät. Der Vater hatte gerade einen Herzinfarkt und ist verstorben.

Im Tumult und bei der Aufregung ist Paul das Handy aus der schweißnassen Hand gerutscht, auf dem knallharten Asphalt aufgeschlagen und in Tausend Teile zerplatzt.

Ob da wohl gerade ein wichtiges Date gepostet wurde?

Der Ritt durch das Moor

Bei uns im Ort gab es ein wunderschönes Gestüt mit vielen Pferden und es hatte den Namen Gestüt Moordorf. Es gehörte dem Grafen von Habsburg, einem alten Adelsgeschlecht, einer Dynastie. Zu dem Anwesen gehörte ein Herrenhaus, Stallungen und 200 Hektar Land. Es gehörte seit 500 Jahren der Familie zu Habsburg und war ein sehr schönes großes bedeutendes Anwesen. Der Graf war nie selbst anwesend, aber er hatte einen Gutsherren, der das Gestüt mit Reiterhof leitete: Eduard Gaisler.

Thomas, ein junger Mann bei uns im Ort, war ganz vernarrt in Pferde und pflegte eine große Liebe zu ihnen. Thomas' Mutter hatte heillosen Respekt vor den riesenhaften Vierbeinern und hatte immer Angst, wenn sich ihr Sohn diesen Tieren näherte. Doch sie war sichtlich machtlos dagegen. Schon als Grundschüler hatte Thomas im Reitverein geglänzt und mit zwölf Jahren war er fast jeden Nachmittag in den Ställen.

Thomas fragte auch im Gestüt nach, ob er da ab und zu aushelfen, den Stall ausmisten oder die Pferde striegeln durfte, und da war Herr Gaisler sofort Feuer und Flamme und freute sich über jede Hilfe. Thomas schloss bald Freundschaft mit Sebastian und Helmut, die auch auf dem Hof mitarbeiteten. Thomas war täglich da und kümmerte sich um die Pferde und manches Mal durfte er auch mit einem Pferd ausreiten als kleine Belohnung, meist mit Pascha, einem gutmütigen Schimmel.

Er mistete die Pferdeställe aus, er striegelte und fütterte die Pferde und putzte und schaute auch nach der Sattelkammer, damit alles in Ordnung war. Manches Mal fettete er auch einen Sattel ein. Nach einiger Zeit durfte er auch longieren mit verschiedenen Pferden. Anfangs gab man ihm nur Halma, ein älteres Pferd, aber mit der Zeit merkten die anderen, dass er mit Pferden gut umgehen konnte, und so bekam er auch andere Pferde zum Ausreiten und Longieren.

Im vierten Jahr musste Herr Gaisler für drei Wochen ins Krankenhaus und er fragte Thomas, ob er etwas mehr hier arbeiten konnte. Er würde einen Lohn von 200 Euro bekommen pro Woche, wenn er den ganzen Tag auf dem Hof sein konnte.

Da Thomas Semesterferien hatte, nahm er das Angebot dankend an und freute sich riesig über den Ferienjob. Denn so selbstverständlich war es absolut nicht, dass der reitbegeisterte Abiturient eine dreiwöchige Aushilfstätigkeit angeboten bekam und dabei noch ein schönes Taschengeld verdiente. Herr Gaisler musste ihn noch einige Pflichten auftragen, die er zu erfüllen hatte, und bekam Anweisungen für die Ausritte.

Besonders in Acht nehmen musste er sich vor Anton, dem Feldschützen, dessen Aufgabe darin bestand, dass Kurgäste und andere Gäste nicht belästigt wurden durch Motorrad- oder Fahrradfahrer und auch die Reiter durften sich nur auf den vorgeschriebenen Wegen bewegen.

Dieser Gemeindeangestellte, der sein Amt sehr ernst nahm und hoch zu Ross auf einem stattlichen Rappen seinen Dienst versah, hatte früher zum gräflichen Personal gezählt, dann gab es einen Vorfall und er musste den Dienst quittieren. Irgendetwas war mit einem Stallknecht vorgefallen, worüber man natürlich heutzutage nicht mehr sprach. Aber Anton war natürlich wütend auf den Gutshof und ahndete auch die kleinsten Verstöße ob von Herrschaft oder Gesinde mit saftigen Geldstrafen.

Thomas gelobte und schwur, alles genauestens zu beachten, und er war fest entschlossen, alles zu tun, um diesen interessanten Job nicht leichtfertig aufs Spiel zu setzen. Im Gegenteil, er nahm es mit seinen Aufgaben ganz genau, sodass es seinen Pfleglingen, den Pferden, an nichts fehlte. Alles war in tadelloser Ordnung und er hoffte, wenn Herr Gaisler aus dem Krankenhaus zurückkam, dass es nichts zu beanstanden gäbe.

Auch bei den Ausritten verhielt er sich genauso pflichtbewusst, er scheute keinen Wind und Regen, denn die Pferde brauchten diesen Auslauf. Er nahm nicht die gefährlichen Autostraßen und auch nicht verbotene Spazierwege und er wäre nie im Leben auf die Idee gekommen, einfach über die grünen Flure zu traben. Notgedrungen hielt er sich an die unbequemen Wirtschaftswege, die man in letzter

Zeit alle geschottert und geteert hatte. Diese waren nicht sehr gut für die Hufe der Pferde, besser wäre ein natürlicher Untergrund, das wäre eine Wohltat für Tier und Reiter. Aber das war alles strengstens mittels Verbotsschildern untersagt.

Jedes Mal wenn er an der Tafel „Fußweg nach Sternmoos" vorbeikam, spürte er eine leise Versuchung. Das wäre der ideale und traumhafte Reitweg gewesen. Auf federndem   Torfboden und Waldboden führte er etwa zwei Kilometer geradeaus durch den Wald, durchschnitt einen kleinen Zipfel des bekannten Naturschutzgebietes mit seltenem Bestand von Wollgräsern und Moorglöckchen. Schon der Gedanke daran ließ sein Herz höher schlagen. Doch Thomas widerstand der Verlockung, er wusste, dass Anton jederzeit auftauchen konnte, und dann ginge das Theater los und er würde seinen Job verlieren. Dann wäre das mühsam erworbene Vertrauensverhältnis zunichte gewesen.

Aber irgendwann konnte Thomas nicht mehr widerstehen. Es war an einem Freitag. Schon am frühen Morgen war es sehr diesig und neblig und man konnte keine fünfzig Meter weit sehen. Thomas war ausgeritten, etwas lustlos zwar, aber nicht minder pflichtbewusst. Als er dieses Mal an die Gabelung kam, wo sein Traumpfad nach Sternmoos abzweigte, kannte er plötzlich kein Zurück mehr. Vielleicht war es auch sein Pferd *Prinz aus Arabien* gewesen, das den ersten Schritt gemacht hatte.

Jedenfalls befanden sich Ross und Reiter plötzlich auf dem herrlichen Weg mit dem samtweichen Untergrund der ganz geschmeidig zu reiten war. Der Hengst fiel von selbst in den Trab, und der junge Mann kostete jede Minute weidlich aus, zumal er bei diesem Hundswetter sicher sein konnte, keiner Seele zu begegnen, vor allem Anton nicht.

Jedoch wäre dies keine Geschichte, wenn es nicht doch anders gekommen wäre. Als Thomas im Schritt weiterritt, bemerkte er seitwärts im Nebel einen großen dunklen Schatten. Was war das? Unklar konnte er eine Gestalt ausmachen. Dem Frevler stockte das Herz. Was sollte er tun? Rasch hatte er sich wieder gefasst und ließ seinen Hengst in den Galopp fallen in der vagen Hoffnung, dass der Hüter des Gesetzes weder etwas gesehen noch gehört hatte. Sonst hätte er doch gerufen? Oder nicht?

Voller Unruhe setzte Thomas, der Sünder seinen schnellen Ritt fort, wohl ahnend, dass ihn der andere innerhalb kürzester Zeit einholen würde. Er meinte gedämpftes Hufgetrappel hinter sich zu vernehmen. War dies Einbildung gewesen?

Als er dann den Wald durchquert hatte und die Ortschaft vor ihm auftauchte, kam der Reiter im vollen Galopp hinter ihm her und forderte ihn auf stehen zu bleiben. Thomas hatte nicht sehr viele Möglichkeiten. Entweder er galoppiert davon, aber Anton würde ihn einholen, oder er stoppte das Pferd. Also sagte Thomas „Brrrr" und sein Pferd blieb stehen.

Anton kam angeritten, stieg vom Pferd ab, kam zu Thomas' Hengst und hielt diesen am Halfter fest. „So, mein junger Bursche", sagte er in strengem Tonfall, „wohin des Weges zur morgendlichen Stunde? Hast du nicht gesehen, dass ein Verbotsschild besagt, dass du als Reiter diesen Weg nicht nutzen darfst? Du bist widerrechtlich durch das Moor geritten. Das wird eine harte Strafe nach sich ziehen!"

Thomas wusste, nun war alles aus. Was sollte er tun? Er hatte kein Geld, um eine hohe Strafe bezahlen zu können, und wollte auch nicht in Ungnade fallen bei seinem Chef, Herrn Gaisler. Folglich würde er seine Stellung verlieren und sich eine andere Arbeit suchen müssen. Der Junge sah keinerlei Möglichkeiten, irgendwie aus der Situation herauszukommen, und abstreiten konnte er dies alles nun auch nicht mehr.

Er flehte Anton an und hatte Tränen in den Augen, ob es nicht noch eine andere Lösung gäbe für diesen Vorfall, sodass niemand etwas davon erfuhr, er keine Geldschulden machen musste und seinen Job behalten konnte.

Anton hatte schon den Block mit den Strafzetteln aus seiner Tasche herausgeholt, um dem Delinquenten das Strafmandat auszustellen, dabei ließ er ihn mitleidlos zappeln, er kam vom Hundertsten ins Tausendste, wegen des Galopps und dem Fluchtversuch etwa könne er die Strafe auch glatt verdoppeln oder gar verdreifachen, womöglich müsse der Weg kontrolliert und repariert werden und auch diese Kosten könnten auf ihn zukommen, was die Situation absolut nicht entspannte.

Thomas gelobte noch einmal, dass er das nie wieder machen würde, hier auf dem Weg zu reiten. Er habe keine Kurgäste belästigt, keinen Flurschaden angerichtet, ob er es nicht bei einer mündlichen Verwarnung belassen könne?

Anton schüttelte den Kopf. „Ich bin Amtsperson und kann so einen Strolch wie dich und so ein Vergehen nicht einfach so vom Tisch wegwischen. Aber ich mache dir einen anderen Vorschlag: Du kannst heute Abend zu mir kommen, mein Pferd striegeln und mich in meinem Haus besuchen. Dann kannst du deine Strafe … in *Naturalien* abarbeiten. Mir wird da schon etwas einfallen …" Er grinste kurz, oder bildete Thomas sich das nur ein? „Und ich verspreche dir, dass dein Chef Herr Gaisler nichts von der Sache erfahren wird – wenn du auch niemandem etwas von unserem geheimen Treffen erzählen wirst."

Thomas war über das Angebot überrascht und wollte sofort zusagen, doch dann kamen ihm Zweifel. Warum hatte Anton „Naturalien" gesagt und auch noch so seltsam betont? Hatte er dabei nicht gegrinst? War es ein Hinterhalt, würde dies seine Situation am Ende nur verschlimmern – wegen Bestechung? Dann erinnerte sich Thomas an Gerüchte über Anton, weshalb er im Gestüt gefeuert worden war, und an den Stallknecht, um den es damals ebenfalls gegangen sein soll. Sollte dies eine ähnliche Situation wie seine jetzt gewesen sein … oder … anders? Ihm wurde heiß und kalt gleichzeitig.

„Es war nur ein Vorschlag", murmelte Anton und fuhr fort, den Strafzettel auszufüllen. „Wenn du nicht willst … Ich zwinge dich nicht dazu."

„Nein, warte!", fuhr Thomas dazwischen, als er den hohen dreitselligen Betrag sah, den Anton gerade hingeschrieben hatte. Es war viel mehr, als er in den drei Wochen verdienen würde. „Ich … ich komme heute Abend."

Mit einem triumphierenden Lächeln steckte Anton den Strafzettel in seine Tasche. „Gute Entscheidung. Und ja, du wirst *kommen* – und nicht als Einziger –, da bin ich mir sicher, mein Junge."

Die Bahnfahrt

Ich fuhr mit dem Zug nach München zu einem Seminar. So ein Mist, zuerst packt man seinen Trolli und hofft, man hat auch nichts vergessen – Handy, Laptop, alles dabei? Dann zum Bahnhof und es folgte eine stundenlange langweilige Fahrt nach München.

An meinem reservierten Platz am Fenster verstaute ich meinen Trolli im Gepäcknetz, setzte mich und wartete, bis es losging. auf dem Bahnsteig kamen auf einmal fast hundert Soldaten an, um nach München mitzufahren. Ich traute meinen Augen nicht, einer hübscher als der andere.

Sie kamen in den Zug und ruckzuck war mein Abteil gefüllt mit fünf netten hübschen Sahneschnitten, einer schöner als der andere, richtige Wonneproppen aus einem Toy-Heftchen. Sie witzelten und blödelten herum, quatschten durcheinander und machten Späße und irgendwann fuhr der Zug los und es wurde leiser im Abteil.

Mir gegenüber saß ein Typ, der aussah wie Charles Bronson in jungen Jahren. Meine Augen konnte ich nicht von ihm lassen. Ich hielt ein Buch in der Hand, aber ich kam absolut nicht zum Lesen. Ich schaute oben drüber und prägte mir dieses Gesicht ein. Jedes Barthaar, jedes Augenzucken registrierte ich. Er hatte ein Grübchen in der Wange. Das Hemd war oben offen und hier quollen dunkle

Brusthaare heraus. Und die Beule, die er zwischen den Schenkeln hatte, war nicht zu verachten. Hier musste schon etwas Geiles dahinterstecken.

Den Typ hätte ich am liebsten angesprungen, so toll sah der aus. Der strenge Gesichtsausdruck von meinem Favoriten – es war undenkbar, sich vorzustellen, dass er die Mundwinkel zu einem sympathischen Lächeln verzog – weshalb eigentlich nicht? Genau auf so einen Typen fuhr ich total ab, der war mein Traumtyp. Die grüne Uniform und ein rotes Barett hatte er schräg auf dem Kopf. Er strahlte einen unheimlichen Stolz aus und eine Unnahbarkeit. Mein Wonneproppen, mein Sahneschnittchen verzog keine Miene.

Ich lehnte mich nun zurück in den Sessel. *Das wird ein guter Tag*, dachte ich mir und harrte der Dinge, die da kommen würden. *Hoffentlich läuft mir nicht der Sabber aus dem Mund.* Ich hätte ihn gerne angesprochen und etwas gefragt, aber was? Es sollte ja nicht dümmlich rüberkommen. Aber egal, ich beobachtete ihn weiter.

Was gäbe ich jetzt nicht alles dafür, zwischen seinen gespreizten Schenkeln auf Entdeckungstour zu gehen, um das süße Geheimnis, das sich hinter dieser Beule verbarg, zu erkunden. Schon als er reingekommen war, hatte ich seinen strammen Arsch und die Oberschenkel bewundert. Ich prägte mir den Kerl ein, jede Bewegung, jedes Zucken in seinem Gesicht verfolgte ich. Die strenge Miene, die sonnengebräunte Haut, den dichten sauberen Schnauzer. Das Grübchen an der Wange. Bewundernswert, wie geil der Kerl ausschaute. Dabei sah es aus, als würde ich lesen. Es gibt ein Lied, das heißt: „Ich möchte der Knopf an deiner Bluse sein". Ich schloss kurz meine Augen und dachte, ich wäre jetzt so gerne der Knopf an seinem Hemdkragen. Von da aus könnte ich auf die Brusthaare sehen.

Der Kerl schaute zu mir, verzog aber keine Miene. Meine Fantasie ging mit mir durch … Ich war also der Knopf an seinem Hemdkragen. Von dort aus würde ich die Landschaft seines Körpers erkunden. Mir wurde schwindelig, ich hatte kalten Schweiß auf der Stirn. Ich fühlte mich plötzlich, als würde ich fliegen, ganz leicht und sachte saß ich auf dem Hemdkragen der zum Menschen gewordenen Milchschnitte.

Aber anscheinend war ich doch zu schwer, der Knopf brach ab und rutschte in die behaarte Brust. Ich roch das Aroma der Brusthaare, der Duft erfüllte meine Nase.

Dann fiel ich weiter nach unten bis zum Bauchnabel. Der Kerl saß etwas schräg, aber der Abgang von Brust zum Bauch ging ratzfatz trotz der dichten Brustbehaarung, um nicht zu sagen das Dickicht seiner Brustbehaarung. Immer noch roch ich diesen Pelz.

Hier rumorte etwas, war es der Magen oder hörte ich das Herz schlagen? Im Bauchnabel war es irgendwie nass, ich glaube, mein Herrchen schwitzte? Nun kratzte er sich am Nabel und ich fiel wie in ein Loch noch eine Abteilung tiefer. Das undurchdringlich scheinende Dickicht, das an einen Dschungel erinnerte, wo ich nur mit einer Machete durchkam.

Da lag er nun wie eine schlafende Python im Terrarium. Ein Glück, dass der Kerl so behaart war, dadurch entstand eine Art Pufferzone zwischen Haut und Kleidung. Ich atmete den Duft von Männlichkeit ein. Dichter Haarwuchs, das Schwanzpaket umhüllt mit weißem Feinripp. Er kratzte sich erneut und ich fiel wieder in ein tiefes Loch.

Aber es federte mich ab wie der Kern einer Matratze oder wie auf einem Trampolin. Ich hüpfte in der Unterhose von dem Kerl auf und ab. Ich atmete den Duft ein, als hätte ich eine Sauerstoffmaske auf gehabt. Meine Nase saugte den herb-männlichen Duft ein, wie andere ein Parfüm einatmen. Es war eine tropische Hitze hier drinnen. Ich war hier im Allerheiligsten angekommen, das hier angebetet und verehrt wurde. Hier war das pulsierende Leben … hier war Action … hier war … absolut nichts los …!

Plötzlich war hier etwas feucht wie eine klebrige Pfütze. Der männlich-herbe Duft verschlug mir den Atem. Er kratzte sich an den Eiern. Ich wurde leicht erschüttert durch die Bewegungen. Ich war ein Höhlenforscher auf Erkundungsjagd … Ich suchte …

Plötzlich stieß jemand an meinen Fuß. Ich wachte auf und sah, dass der Platz mir gegenüber leer war. Er war verwaist.

Allerdings: Auf dem Stoffbezug des Sitzes gegenüber lag ein Knopf.

Hatte ich das alles wirklich nur geträumt?

Danksagung

In einem Leben erlebt man vieles. Manche Ereignisse bleiben in Erinnerung, andere vergisst man. Schade, dass ich erst sehr spät angefangen habe, Geschichten aufzuschreiben. Es gäbe vermutlich noch manch andere Anekdoten, an die ich vielleicht erst viel später wieder denken werde. Meine Mutter hat mir sehr viele Geschichten erzählt. Da hätte man immer mitschreiben müssen, was ich nicht getan habe. Ich habe diese Geschichten lange in meinem Herzen getragen. Sie von dort auf Papier zu bringen, ist nicht immer ganz einfach.

Hunderte von Menschen sind mir im Laufe meines ereignisreichen Lebens lieb und wichtig gewesen, aber nur wenige von ihnen konnten in diesem Buch Eingang finden. Den anderen möchte ich versichern, dass ich sie nicht vergessen habe und dass sie ihren Platz in meinem Gedächtnis und Herzen behalten werden, bis zu dem Tag, an dem ich streben werde. Viele Menschen haben mir auch Aha-Erlebnisse und Impulse geschenkt. Dafür sage ich DANKE. Vielleicht finden sich manches davon in Form von Gedankensplitter in diesem Buch wieder.

Danken möchte ich meinem Ehemann und Lebensgefährten Götz W., der mein Leben bereichert hat.

Ich bin den Menschen sehr dankbar die mich dabei unterstützt und ermutigt haben, in erster Linie, meine beiden Schwestern Heidi und Birgit, wir drei haben immer zusammengehalten.

Geschichten und Anekdoten von Früher zu schreiben, bedeutet in vielerlei Hinsicht mit den Toten zusammenzuarbeiten und deshalb fühle ich mich veranlasst auch denjenigen zu danken, die verstorben sind, vor allem meinen Eltern Edmund und Brunhilde Kaucher, die leider nicht mehr unter uns sind. Bessere Eltern hätte ich mir nicht wünschen können. Sie waren immer für mich da und ich lebte wie im Schlaraffenland:

Wir hatten eine kleine Bäckerei auf dem Marktplatz eines Ortes im Schwarzwald. Mein Vater war täglich in der Backstube und meine Mutter stand täglich im Laden – beide ihr gesamtes Leben lang ohne auch nur einen Tag Urlaub. Wenn ich früher von der Schule nach Hause kam, habe ich meinen Bücherranzen in die Ecke geworfen, bin durch den Laden gerannt und habe geschaut, was es alles Neues zu essen gab. Ob Berliner, Mohrenkopf oder Eis, ich durfte alles essen. Das war mir auch lieber als Spinat. Meine Kindergeburtstage waren legendär, die Kinder haben sich darum geschlagen und jeder wollte eine Einladung haben. Wir hatten extra eine Mohrenkopf-Schleuder gebaut oder ein Berliner-Wettessen veranstaltet oder es wurden Schokolade-Osterhasen gegossen oder alle durften einen kleinen Apfelkuchen backen oder Meringen aufspritzen. Oft gab es warme Schneckennudeln oder warmen Apfelstrudel, Schwarzwälder Kirschtorte oder Engadiener Nusstorte und so weiter und so fort.

Leckereien ohne ENDE.

Gerd Kaucher